PAUL ZSOLNAY VERLAG

AVIGDOR DAGAN

# Die Hofnarren

ROMAN

PAUL ZSOLNAY VERLAG
WIEN · DARMSTADT

Titel der hebräischen Ausgabe: Letsane he-hatser.


Umschlag und Einband: Buchholz/Hinsch/Hensinger
unter Verwendung eines Ausschnitts aus einem Gemälde
von August Macke
Satz: Satz Repro Zentrum Korneuburg
Druck und Bindung: Wiener Verlag, Himberg
Printed in Austria
ISBN 3-552-04212-1

CIP-Titelaufnahme der Deutschen Bibliothek:
**Dagan, Avigdor:**
Die Hofnarren : Roman / Avigdor Dagan. - Wien ;
Darmstadt :
Zsolnay, 1990
ISBN 3-552-04212-1
Vw.: Fischl, Viktor [Wirkl. Name] → Dagan, Avigdor

# Die Hofnarren

# * * 1

Ich spreche nicht gern über mich selbst. Das dürfen Sie mir glauben. Doch wie könnten Sie, ohne etwas von mir zu erfahren, meiner Geschichte folgen?

Hier bin ich für alle nur „der Richter“, obwohl ich solch ein Amt nicht mehr bekleide. In diesem Land bin ich sowieso nie Richter gewesen. Vom Richtertalar hatte ich mich innerlich längst losgesagt, als ich nach Jerusalem zog.

Warum? Da fangen die Schwierigkeiten schon an. Wie soll man Krummes wieder geradebiegen? Ich möchte wirklich nicht bei Adam und Eva beginnen, aber bleibt mir denn anderes übrig? Was ich zu berichten habe, beginnt mit dem Tag meiner Geburt.

Als meine Mutter mich erwartete, war mein Vater ein junger Richter – nicht nur beruflich bin ich in seine Fußstapfen getreten – und eben an ein anderes Bezirksgericht versetzt worden. In jener Nacht nun, da bei meiner Mutter die Wehen einsetzten, wollte es der Teufel, daß ein Unwetter ausbrach, wie es noch keiner erlebt hatte.

Äste brachen von den Bäumen, Stämme wurden entwurzelt, Leitungsmasten und -drähte, ineinander verknäult, die Straßen hinuntergefegt.

Der Sturm mag meine Geburt beschleunigt haben – eine Geburt im Schein hastig zusammengesuchter Kerzen und einer Petroleumlampe, deren Bauch überhaupt erst einmal gefüllt werden mußte. Das Dienstmädchen, das die Lampe halten sollte, ließ sie fallen, als ein Blitz in die uralte Linde auf dem Hof schlug. Unter solch merkwürdigen Umständen erblickte ich das Licht der Welt.

Die Hebamme reichte das Neugeborene, noch ungewaschen, einem Kindermädchen, das entsetzt aufschrie, als der Blitz einschlug, auf dem Bett meiner Mutter ein Kissen Feuer fing und die Flammen im ganzen Raum sofort um sich griffen. In dem Bruchteil einer Sekunde, ehe sich das Kindermädchen vom Schreck erholte, entglitt ich seinen Händen und fiel hart auf den Boden.

Angeblich habe ich nicht einmal geweint. Mag sein, daß ich damals bereits gelernt habe, Schicksalsschläge schweigend hinzunehmen. Der Arzt, der sofort herbeigerufen wurde – noch bevor das Feuer gelöscht war –, zuckte bloß die Schultern und meinte, über spätere Folgeschäden ließe sich verbindlich nichts aussagen, eine ernsthafte Verletzung vermöge er gegenwärtig aber nicht zu erkennen. Auch wenn es seltsam klänge, fügte er noch hinzu, er persönlich sei fest davon überzeugt, daß Kinder einen besonderen Schutzengel hätten.

Der Schutzengel, der mir zugeordnet war, kann seine Aufgabe zumindest für den einen Augenblick nicht voll wahrgenommen haben. Als ich dann nämlich auf die Beine gestellt wurde, um laufen zu lernen, zeigte sich bald, daß mit meiner Wirbelsäule etwas nicht stimmte. Ich wuchs heran, der Buckel auf meinem Rücken wuchs mit, und mein Kopf rutschte mir immer tiefer zwischen die zarten Schultern.

Als ich in der Schule später in den meisten Fächern mühelos aufholte und meine Klassenkameraden hinter mir zurückließ, hieß es, mir sei als Entschädigung für meine Bürde eben eine rasche Auffassungsgabe mit auf den Weg gegeben. Als die andern dann die Tanzschule besuchten, abends an der alten Stadtmauer oder am Fluß unter den blühenden Linden ausgingen und dort auf Schritt und Tritt Pärchen in inniger Umarmung verschlungen standen, da hätte ich für eine einzige Berührung von Mädchenlippen auf alle Klugheit dieser Welt gern verzichtet. Auch den Schmerz habe ich verwunden. Ich habe alles hingenommen, sogar den Buckel, von dem ich nie mehr, nicht einmal für die Dauer einer Sekunde, freikommen würde.

Bald darauf redete ich mir ein, zusammen mit dem Buckel sei mir so etwas wie ein Geheimschlüssel geschenkt worden, der mir Türen öffnete, die den anderen verschlossen blieben, damit ich sehen könnte, was für sie unsichtbar war, Dinge im voraus erkannte, die für sie im Dunkel lagen.

Es waren Fähigkeiten, die ich vorher meinem Vater zugeschrieben hatte: So wie ihn liebte und bewunderte ich niemand auf Erden. Allmächtig kam er mir vor. So glaubte ich etwa, er hätte Flügel. Nicht so wie die Engel – er brauchte nicht einmal die Arme zu breiten. Er flog im Traum: Er konnte über den Dächern der Stadt hinschweben, durch die Fensterscheiben ins Innere der

Häuser schauen und sich auf einem Sims niederlassen, um ein weinendes Kind in den Schlaf zu singen. Von etwas anderm war ich ebenso überzeugt: Er konnte sich im Geiste von seinem Richterstuhl in die Höhe schwingen und fernab vom Gerichtsgebäude genau dort sein, wo das Verbrechen begangen worden war; er flog – auch dazu war er imstande – in die Vergangenheit zurück und erkannte, auf welche Weise und aus welchen Ursachen sich die Dinge so und nicht anders zugetragen hatten, und kehrte genau im richtigen Moment zurück, um das Urteil zu sprechen, ohne dem allzugroßes Gewicht beizumessen, was während des Prozesses ausgesagt worden war.

Ich war nicht der einzige, der so etwas glaubte. Die ganze Stadt munkelte davon. Anders konnten die Leute sich nämlich die Tatsache nicht erklären, daß kein einziger Urteilsspruch meines Vaters von einem höheren Gerichtshof aufgehoben wurde. Man mußte uns ja irgendeines Sonntags auch nur zu Hause besuchen und ihn im Schaukelstuhl gleich neben dem Fenster sitzen sehen und merken, wie er in die Krone des alten Kastanienbaums vor unserm Hause schaute. Stundenlang saß mein Vater so da, ein aufgeschlagenes Buch auf den Knien, ohne anscheinend auch nur zu ahnen, was hinter seinem Rücken im Zimmer vor sich ging. Wer ihn ein einziges Mal so erlebt hatte, für den konnte es überhaupt keinen Zweifel mehr geben, daß er währenddessen ganz woanders war.

Und dieselbe Gabe spürte ich dann also in mir. Vielleicht habe ich sie ja von meinem Vater geerbt. Damals glaubte ich allerdings noch, sie hinge mit der Bürde auf meinem Rücken zusammen, weil es so gar keinen Sinn machte, wenn der Buckel insgeheim nicht auch Segen gebracht hätte.

Nach dem Tod meines Vaters übernahm ich seine Gewohnheit, im Schaukelstuhl vor dem Fenster zu sitzen; ich ersetzte ihn aber auch auf dem Richterstuhl, den er über so viele Jahre eingenommen hatte. Und nun lag es an mir: Ich kannte zwar alle Schriftstücke und Zeugenaussagen, doch schwebte ich im Geiste solange über der Stadt oder auch abgelegensten Orten, bis mir die Wahrheit aufging. Aber eine starke Persönlichkeit, wie mein Vater, war ich nicht. Mir fehlte der Mut, meine Urteilssprüche nicht auf die toten Buchstaben der Akten, sondern auf meine Intuition zu gründen. Bei vielen Prozessen war es mir völlig klar, daß sich die Dinge keineswegs so abgespielt hatten, wie es dem Beweismaterial zu entsprechen schien. Schließlich hatte ich die Vorgänge genau vor Augen gehabt. Nur: Wie hätte ich das, was ich im Traum – gibt es einen anderen Ausdruck für solche Art von Erfahrung, wie sie schon mein Vater gemacht hatte? – als Wahrheit erkannte, als die richtige Wahrheit beweisen können? Wie soll ein Mensch überhaupt einen Urteilsspruch verkünden, wenn die Beweise, die für ihn persönlich gültig sind, nicht der gleichen Welt zugehörig sind wie die Beweise, die er als Richter anerkennen *muß*?

Wie oft habe ich mir gewünscht, eine höhere Instanz würde mein Urteil umwerfen! Denn die Urteile, die gesetzlich rechtens und nur dem Gesetze nach rechtmäßig waren, enthielten nicht ein Körnchen der Wahrheit, wie sie mir vertraut war. Hätte ich jedoch gestanden, hätte ich auch nur den leisesten Hinweis geliefert, wie ich zu meiner eigenen Wahrheit gekommen war, wäre ich an Ort und Stelle aus dem Richteramt entfernt worden. Nur wenige Jahrhunderte früher, und ich hätte auf dem Scheiterhaufen geendet. In jenen Jahren hätte ich hinter den hohen Mauern einer Heil- und Pflegeanstalt landen können. Und davor hatte ich Angst. Die Courage meines Vaters hatte ich nicht geerbt. Aus diesem Grund schien es mir unmöglich, weiterhin Richter zu bleiben. Der feste Entschluß ist dann allerdings infolge andersartiger Ereignisse zustandegekommen.

In der Hölle des Konzentrationslagers unter dem Kommando des allmächtigen Sturmbannführers Kohl bin ich durch verschiedenste Erlebnisse und Beobachtungen in meinen Zweifeln bestärkt worden, ob irgendein Mensch je befugt sei, über einen anderen zu Gericht zu sitzen. Dort war Kohl Herr über Leben und Tod – eigentlich waren wir weder tot noch lebendig –, und er brauchte weder Scheiterhaufen noch Irrenhaus. Falls er mich aus irgendeiner momentanen Laune hätte loswerden wollen, hätte er sogar nicht einmal eine Patrone gebraucht. Es hätte genügt, mich in die eisige Nacht zu jagen oder seine Hunde auf mich zu hetzen oder einen jener Wahnsinnsverbrecher an mich heranzulassen, die sich als Ärzte bezeichneten und nur darauf brannten, für ihre teuflischen Experimente meinen Buckel nutzen zu können.

Zu meinem Glück interessierte es Sturmbannführer Kohl nicht im geringsten, wieso ich eigentlich Verborgenes sehen und wissen konnte. Ihm war bloß eins wichtig – wie sich meine Gabe für ihn persönlich nutzen ließe. Bevor er jedoch von meiner sogenannten Hellseherei erfuhr – und wie ihm das zu Ohren kommen konnte, ist mir bis heute schleierhaft –, hatte ich bereits so viel erlebt und mitgemacht, daß mir klar war: Falls ich aus dieser Hölle lebend wieder herauskommen sollte, würde ich auf keinen Fall mehr als Richter amtieren können.

Wir alle waren dem Hungertod nahe. Ich kannte harmlose Diebe, die zu Mördern wurden, um wenigstens für einen Augenblick ihren Hunger zu stillen – für ein verschimmeltes Stück Brot, das sie einem anderen Häftling gestohlen hatten. Durfte ich über sie urteilen? Mir war ein deutscher Wachmann bekannt, der steckte uns Nahrungsmittel zu und hat einigen von uns sogar das Leben gerettet, obwohl er dabei das eigene Leben riskierte – aber auf ein Nicken des Feldwebels, der unsere Gruppe zur Zwangsarbeit in den Steinbruch führte, zögerte derselbe Mann keine Sekunde und zertrümmerte mit seinem Gewehrkolben den Kopf eines Häftlings, der auf dem Marsch aus Reih und Glied geraten war. Hatte ich das Recht, ihn zu verurteilen?

Von meiner Vergangenheit als Richter habe ich niemand etwas gesagt, als ich nach Jerusalem kam. Denn sofern ich in jenen schweren Jahren eins gelernt habe, dann die Weisheit der Demütigen – wie wichtig es ist, unwichtig zu sein. An der Straße zur Jaffa Street, wo ich wohne, gibt es jedoch keine Geheimnisse. Irgendwie kam, trotz meiner Vorsicht, das Gerücht auf, ich hätte früher einmal den Talar des Richters getragen, und so bin ich heute eben für alle einfach „der Richter". Und manchmal sucht mich ein Vorarbeiter mit zwei Lehrlingen auf, die sich in die Haare gekriegt haben, oder sie kommen auch von allein und wollen, daß ich entscheide, wer von beiden nun recht hat. Dann rede ich mich nicht heraus, und ich weigere mich auch nicht, beiden zuzuhören, doch was ich zuguterletzt sage, klingt nicht wie ein Urteilsspruch, sondern eher wie ein wohlmeinender Ratschlag, und gewöhnlich halten sie sich an meinen Rat.

Inzwischen spüre ich außer der Last auf dem Rücken auch das Alter, und ich habe das akzeptiert, und Sorgen habe ich eigentlich nicht. Von Nachbarn, die mich bitten, irgendein Gesuch oder Schriftstück oder auch nur einen Brief an Verwandte im fernen Ausland aufzusetzen, bekomme ich an und ab ein bißchen Geld. Manchmal gehe ich die Queen Shlomzion Street bis zur Jaffa Street hinunter, und beim Russischen Bezirk biege ich rechts ab. In ein paar alten Gebäuden gegenüber der Kirche sind die niederen Gerichte untergebracht, und gelegentlich kann ich jemandem helfen, der sich einen Rechtsanwalt nicht zu leisten vermag. Das ist allerdings auch schon alles, was mir von meiner juristischen Vergangenheit geblieben ist. Nicht einmal in meinen Träumen kommt sie vor.

Woran ich mich allerdings erinnere, was ich nie vergessen können werde, wovon ich noch immer träume – das sind ganz andere Dinge.

# 2

Zwei Träume kehren unentwegt wieder, suchen mich öfter heim als alle anderen.

Im ersten Traum befinde ich mich in einem überfüllten Viehwaggon. Auf der langen Reise ohne Nahrung, ohne Wasser, ohne frische Luft sterben ringsum Menschen.

Halb stehend, halb liegend lehnen wir gegeneinander, mein Nachbar und ich, und plötzlich fragt er: „Wissen Sie, unter welchem Sternzeichen Sie geboren sind?"

„Zwillinge", sage ich.

„Gut", sagt er." Wie ich. Wir beide werden alles überleben."

Während in unserer Nähe Tausende auf elende Weise ihr Leben verlieren, wird mein Nachbar aus dem Viehwaggon, Max Himmelfarb, mit mir zusammen, werden nur wir beide zum Dienst am Hof des allmächtigen Sturmbannführers Kohl ausgewählt. Er ist der Kommandant des Lagers, wohin wir abtransportiert wurden.

Als Hofnarren sollen wir ihm dienen. Zwei hat er bereits: einen jüdischen Liliputaner, der ironischerweise Leo Riesenberg heißt, und den Jongleur Adam Wahn, dessen Kunststücke und Agilität unseren allmächtigen Herrn und Beschützer immer von neuem in Staunen und Bewunderung versetzen.

Was Kohl veranlaßte, von all den Menschen im Lager ausgerechnet uns zwei in seinen Privatzirkus aufzunehmen, haben wir nie herausbekommen. Wir konnten nur vermuten, daß möglicherweise ein Offizier aus dem früheren Lager ihm berichtet hatte, Max Himmelfarb könne in den Sternen lesen und über den Buckligen ginge das Gerücht, er könne die Zukunft vorhersagen, Dinge erkennen, die noch in weiter Ferne lägen, manchmal wisse er aber auch Dinge, die dann innerhalb weniger Tage einträten.

Falls Max es wirklich aus den Sternen gelesen hatte, daß wir gemeinsam überleben würden, so behielten seine Sterne jedenfalls recht. Die anderen wurden in den Tod geschickt; über seine vier Hofnarren hielt Kohl seine schützende Hand wie über teure Stücke einer erlesenen Kuriositätensammlung. Der Liliputaner machte einen Kopfstand. Max Himmelfarb deutete die Sterne. Der Jongleur brachte dem Sturmbannführer alle möglichen Kartentricks bei. Und ich war unserem Herrn nützlich, weil ich die nächste unerwartete Inspektion manchmal auf den Tag genau vorhersagen konnte und dabei jedesmal recht behielt. An derartigen Vorwarnungen schien dem Lagerkommandanten schrecklich viel gelegen; seine Anerkennung fiel jedenfalls nie kleinlich aus.

Aber das ist schon der zweite Traum, der sich unablässig wiederholt und mich öfter heimsucht als alle anderen.

# 3

In den gestreiften Fetzen, die wir trugen wie die vieltausend anderen Häftlinge auch, müssen wir einen hübschen Anblick geboten haben -- wie Vogelscheuchen. Die Gäste bewirtete Kohl, unser allmächtiger Herr über Tod und Leben, in einem großen, fast saalartigen Raum. Wenn die Tür sich öffnete, liefen wir ein wie Clowns in die Zirkusmanege, wir fühlten uns allerdings eher wie Sklaven, die im römischen Colosseum Raubtieren vorgeworfen wurden; denn wir waren uns nie sicher, dort wieder lebend herauszukommen.

Kohl hatte zwei Hunde, den schwarzen Schäferhund Wolf und eine Deutsche Dogge mit dem Namen Brutus, die uns anbellten, sobald wir einliefen, und es gab jedesmal eine Unterbrechung, bis sie beruhigt werden konnten und sich knurrend unter den langen Tisch in der Mitte des Raums zurückzogen und wir im Kreis herumlaufen konnten.

Meistens lief ich voran und flatterte wie ein Vogel mit den Armen, machte aber wegen des Buckels und dem tief zwischen den Schultern sitzenden Kopf eher den Eindruck einer Fledermaus. Nach mir kam Max

Himmelfarb als Größter von uns vieren mit langen, hüpfenden Schritten, als ob er es eilig hätte. Er trug eine Rolle aus Karton, wie man sie zum Verpacken von Bildern verwendet, und hob sie unentwegt wie ein Sterndeuter an seine blauen Vergißmeinnichtaugen. Ihm folgte Wahn. Er warf Flaschen in die Luft, ließ sie kreisen, fing sie eine nach der anderen wieder auf, nur um sich gleich von neuem in die Höhe zu werfen und kreisen zu lassen.

Der Liliputaner Leo Riesenberg, der bei den Gästen stets den größten Erfolg hatte, kam zuletzt. Er hatte kurze Beine, watschelte, rollte mit dem Kopf, kroch den Gästen zwischen die Beine und verblüffte alle durch seine waghalsigen Purzelbäume. Anschließend kletterte er auf den Tisch, machte Kopfstände, und, während die verdutzten Gäste den Atem anhielten, fragte er plötzlich wohl: „Meine Herren, warum stehen Sie eigentlich alle auf dem Kopf?“

Oder er hantelte sich hoch, auf die Schultern des Jongleurs, fing eine der Flaschen, die Wahn in die Luft geworfen hatte, und fragte provozierend: „Warum sind die Menschen auf diesem Marktplatz hier alle so klein?“

Sieht man einmal davon ab, daß Adam Wahn statt der Flaschen gelegentlich Teller oder Billardkugeln nahm, so war unser Programm immer gleich. Der Erfindungsreichtum des Zwergs aber schien unbegrenzt. Es ist nie vorgekommen, daß er den gleichen Witz zweimal erzählte, und jeder neue Witz löste unweigerlich Lachsalven aus. Die Gäste klatschten Beifall, und vom Sturmbannführer bekam er zur Belohnung jedesmal einen Apfel, ein Stück Käse oder irgendeine Delikatesse zugeworfen, worauf wir zusammen unter den Tisch krochen und uns die Beute, während die Hunde schliefen, brüderlich teilten.

Ein halbes Leben ist seit den Jahren verstrichen, die ich als einer der Hofnarren des allmächtigen Sturmbannführers Kohl zubrachte, und doch träume ich davon heute mehr als von allem sonst. Er bleibt immer gleich. Um uns herum sterben Menschen zu Tausenden. Wir vier, die Hofnarren, sind die einzigen, die überleben.

Wenn ich von diesem Traum erwache, frage ich mich jedesmal: Aber warum? Warum nur wir vier? Und nach jeder Nacht mache ich mir aufs neue klar, daß es kindisch ist, eine Antwort auf diese Frage zu erwarten. Trotzdem kann ich es nicht lassen, mir die Frage zu stellen.

# * * 4

Wenn Kohl nach dienstlichen Gesprächen nur ein paar höhere Offiziere zu einem leichten Abendessen und einem Glas Wein einlud, fiel die Hauptlast der Unterhaltung im allgemeinen Max Himmelfarb und mir zu. Bei größeren Gesellschaften, an denen auch Damen teilnahmen, spielten wir gewöhnlich nur die zweite Geige; dann standen Jongleur und Liliputaner im Mittelpunkt.

Zwar steuerte Adam Wahn auch im kleineren Kreise das eine oder andere Kartenkunststück bei, und der Zwerg Riesenberg erheiterte die Anwesenden gelegentlich mit einem neuen Witz. Doch zählte Kohl bei derartigen Anlässen, wie wir sehr wohl wußten, in erster Linie auf uns. Von mir wurde erwartet, daß ich den Gästen -- glücklicherweise durfte ich mit jedem allein und unter vier Augen sprechen – dunkle Ecken ihrer eigenen Vergangenheit aufdeckte. Max mußte ihnen die Zukunft aus den Sternen lesen.

Ich weiß nicht, wer von uns beiden es schwerer hatte. Ich war mir übrigens nie sicher, wie ernst Max die Sterne wirklich nahm. Daß wir beide, weil wir unter dem gleichen Sternzeichen der Zwillinge geboren waren, alles überleben würden – davon war er selbst fest überzeugt. Anderseits gibt es für mich überhaupt keinen Zweifel, daß das meiste von dem, was er Kohls Gästen erzählte, blanker Unsinn war, Bluff, Zigeunermärchen, die bloß intelligenter verpackt waren. Ab und zu muß ihm dann aber doch eine glückliche Eingebung gekommen sein – oder die Sterne hatten tatsächlich recht –, denn ich habe Kohl mehr als einmal Lobeshymnen auf ihn anstimmen hören, weil ihm irgendein wichtiger Gast anvertraut hatte, die Wahrsage seines Sterndeuters habe sich tatsächlich erfüllt. Nicht nur das: Sie sei bis in verschiedene Details verblüffend genau eingetroffen.

Bei mir lag alles ein wenig anders. Max mochte so tun, als könne er in den Sternen lesen. Ich sah wirklich etwas, und es war gar nicht immer leicht zu entscheiden, was ich davon nun frei heraus sagen sollte und was ich am besten für mich behielt. Und die Entscheidung fiel mir umso schwerer, als das, was ich sah, keineswegs immer auf die Vergangenheit beschränkt war und auch nicht durchweg Gegenwärtiges betraf, sondern ein bißchen darüber hinausging, weil es sich auf die nahe Zukunft erstreckte.

So sah ich beispielsweise eines Tages vor mir die Vergangenheit eines Gastes von Kohl, eines hohen Offiziers, der sich in die schöne, junge Frau eines seiner Adjutanten verliebt hatte. Dieser Offizier hatte es so arrangiert, daß der Adjutant an die Front geschickt wurde; unterdessen nahm er sich – gar nicht väterlich, und mit ihrem bereitwilligen Einverständnis – mit Haut und Haaren der Schönen an. Die Affäre dauerte damals bereits einige Monate. In dem Augenblick sah ich aber auch, daß der betrogene Ehemann leider vor kurzem an der russischen Front verwundet worden war. Ich wagte mich bis an die Grenzen des Erlaubten, ja, vielleicht sogar ein wenig weiter, als mir nützlich sein konnte, und gab dem lüsternen Offizier einen Wink – das Leben seiner Geliebten sei in Gefahr. Da mir das eigene Leben lieb und teuer war, durfte ich ihm aber nicht erzählen, was ich über seine Zukunft wußte – daß nämlich sein Adjutant in Kürze aus dem Feldlazarett entlassen, ohne vorherige Nachricht bald heimkehren, seine Frau mit dem Obersten im Bett überraschen, die beiden an Ort und Stelle umbringen und nach der Rückkehr an die Front selbst den Tod finden werde.

Das ist nur ein Beispiel für unsere Probleme. Zwischen Max und mir gab es die stillschweigende Vereinbarung, bei unsern Auftritten nie und nimmer etwas zu äußern, was die Mächtigen unserer Welt aus der Fassung bringen könnte. Uns beiden war absolut klar, daß schon das leiseste Zeichen einer Mißstimmung in der Miene eines wichtigen Gastes von Kohl für uns das Todesurteil bedeuten konnte. Nie durfte zwischen dem Gastgeber, der für uns Herr über Leben und Tod war, und uns auch nur der Schatten einer Mißstimmung aufkommen. An diese Übereinkunft hielten wir uns beide; sie war gleichbedeutend mit unserem Leben.

Sie hielt bis zu einem Abend – was an dem Abend geschah, muß ich Ihnen berichten –, als Max die Spielregeln verletzte und durchdrehte. An dem Fest nahmen zahlreiche Gäste teil, und obwohl, wie bei ähnlichen Anlässen, Jongleur und Liliputaner im Mittelpunkt standen, mußten der Sterndeuter und ich diesmal kräftig unser Scherflein beitragen. Ich eröffnete also den Damen, was sich in ihren Handtaschen befand und nannte ihnen den Geburtstag ihrer Liebhaber, während Max mit langen, schnellen Schritten, die fast wie Sprünge wirkten, im Raum herumlief, sich das Kartonfernrohr vor die Augen hielt und meldete, was er in den Sternen las.

„Allen, die im Zeichen der Waage und des Widders geboren sind", so hob er an, „wird diese Woche Glück bringen. Für die Zeichen Stier, Löwe und Skorpion dagegen sehe ich Gefahr. Die in diesem Sternzeichen Geborenen sollten in dieser Woche keine langen Reisen unternehmen. Auf gar keinen Fall sollten sie ins ferne Ausland reisen. Es wäre am besten, wenn sie allen Risiken aus dem Wege gingen. Sie sollten, soweit eben möglich, zu Hause bleiben und sich hüten vor Menschen, die sich als Freunde ausgeben. Auch für die Schützen und Krebse sehe ich in dieser Woche wenig Anlaß zu freudiger Erwartung. Auch ihnen würde ich größte Vorsicht empfehlen."

Und so ging das weiter, rücksichtslos, bis auf die gelegentliche Unterbrechung, wenn er vorgab, durch sein Fernrohr nach den Sternen zu schauen. Obwohl – vielleicht auch gerade weil keiner wußte, wie ernst seine Worte gemeint waren, saßen alle wie benommen da. Mal hörte er sich an wie ein Prophet, dann wieder wie eine Spottdrossel, wie ein richtiger Hofnarr, dem nur die Schellen fehlten, wie Hofnarren an den richtigen Höfen sie vor Jahrhunderten an Mütze und Ärmeln getragen hatten. Gelegentlich riß er zwischendurch ein paar Witze, die er mit Einwürfen der Art durchsetzte: „Und was Jungfrauen angeht, die im Zeichen der Jungfrau geboren sind, denen kann ich nur raten, noch eine Woche lang Jungfrau zu bleiben."

Die Damen kicherten leicht verschämt, die Herren brachen in lautes Gelächter aus. Da wurde Max mit einem Male ganz ernst und begann komisches Zeug zu schreien, das gar nichts mit dem zu tun hatte, was er gerade gesagt hatte.

„Wie soll der Mensch in den Sternen lesen können?" hörten wir ihn schreien, als er von neuem durchs Fenster zu den Sternen emporschaute. „Wie soll man denn die Sterne deuten können, wenn man die Sterne nicht einmal mehr von den Funken aus den Öfen unterscheiden kann, die Tag und Nacht brennen? Wenn man nicht mehr weiß, ob Regen oder Blut vom Himmel fällt?"

Einen Augenblick waren wir wie versteinert und sprachlos vor Entsetzen über die Worte, die nie hätten ausgesprochen werden dürfen.

Wie angewurzelt blieben wir stehen. Uns verschlug es den Atem – außer Leo Riesenberg. Der zeigte in dem Moment mehr Größe als wir alle zusammen und brauchte nur den Bruchteil einer Sekunde, um zu begreifen, was er zu tun hatte. Mit der Behendigkeit eines Affen kletterte er auf den Tisch, um vom Tisch über die Schultern des Jongleurs dem Sterndeuter aufzuspringen. Er saß ihm im Nacken wie auf einem Pferd. Mit einer Hand hielt er ihm den Mund zu, mit der andern schlug er ihm gegen die Stirn und währenddessen schrie er ununterbrochen wie ein Straßenhändler, der seine Waren anpreist.

„Sterne, Herrschaften! Sterne gefällig? Am schönsten sind sie, wenn man sternhagelvoll ist und es von Sternschnuppen nur so hagelt. Bautz! Noch eine Sternschnuppe! Bautz – noch eine, und schon wieder eine – bautz! So viele Sterne haben Sie garantiert noch nie gesehen! Flimmert's Ihnen nicht schon vor den Augen? Sterne, Herrschaften, Sterne!"

Und er hörte nicht auf, Max vor die Stirn zu schlagen, ihn in die Backen zu kneifen und ganz verzückt die Augen aufzureißen und von der funkelnden Pracht des Firmaments zu schwärmen, während er auf den Schultern von Max ritt, und das Ganze wirkte so komisch, daß auf den Gesichtern der Gäste das gefrorene Lächeln auftaute, und alle begannen laut zu lachen und sich ausgelassen gegenseitig auf den Rücken zu klopfen.

Inzwischen war Max wieder zur Besinnung gekommen und fiel ganz in seine närrische Rolle zurück und rannte mit dem Zwerg auf dem Rücken um den langen Tisch in der Mitte des Saals. Mit einem Male wirkte alles wie die sorgfältig einstudierte Nummer zweier Clowns. Ein Weilchen später nahm Max, der sich erneut völlig unter Kontrolle hatte, seine Horoskoplesen wieder auf.

„Die im Zeichen des Zwillings Geborenen", sagte er, „könnten sich vielleicht einer Gefahr gegenübersehen, aber Gott läßt sie nicht aus den Augen."

Er wußte natürlich ganz genau, daß der allmächtige Sturmbannführer Kohl im Zeichen des Zwillings geboren war.

* *

# 5

Uns kam es immer öfter so vor, als ob Max Himmelfarb plötzlich ein Windstoß durch den Kopf wehte, der seine Gedächtniskartei mit all den sorgfältigen Eintragungen durcheinanderbrachte. Es dauerte anschließend jedesmal eine Weile, bis er sich wieder gesammelt und alle Kärtchen in die richtigen Fächer geordnet hatte, und ehe es soweit war, redete er oft genug ungereimtes Zeug, das niemand verstand – er brauchte dann nur ein bißchen Ruhe. Mit Ausnahme des einen Zwischenfalls, als Leo Riesenberg ihm dank seiner Geistesgegenwart das Leben rettete, beunruhigten uns die gelegentlichen Gedankenverwirrungen des Astrologen nicht sehr. Außerdem wußte ich ja, woher das alles rührte.

Am Hof des Sturmbannführers Kohl hatten wir Zeit genug, unsere Erinnerungen zu teilen. Die Hofnarren des mächtigen Lagerkommandanten mußten zwar, wie alle anderen auch, Morgen für Morgen zur Zwangsarbeit, aber die Aufseher hatten klare Anweisungen, ihnen schwere Aufgaben zu ersparen, und so kehrten wir nicht so erschöpft ins Lager zurück wie die übrigen Häftlinge. Weil Kohl uns aber nicht Abend für Abend brauchte, hatten wir zu Gesprächen reichlich Gelegenheit. Und in unserer besonderen Situation erzählten wir uns bereitwillig Dinge, die wir unter anderen Umständen anderen Menschen wohl nie erzählt hätten.

So kann ich mich etwa erinnern, was Max mir über den Tod seines Vaters berichtet hat.

In einem großen, wohlgeheizten Zimmer, dessen hohe Fenster durch dicke Vorhänge verdunkelt waren, lag Professor Dr. Emil Bernhard Himmelfarb, der berühmte Mathematiker, Ehrenmitglied von weiß Gott wie vielen wissenschaftlichen Gesellschaften der verschiedensten Länder, Mitglied der Akademie, Träger zahlreicher Preise und Auszeichnungen, im Sterben. Die ganze Familie hatte sich um ihn versammelt . . . alle lauschten mit angehaltenem Atem und warteten bang auf die Worte, die auf den blutleeren Lippen des Sterbenden lagen.

„Ich weiß nicht. Weiß nichts. Weiß nichts."

Etwas so Verzweifeltes wie diese letzten Worte seines sterbenden, um den letzten Atem ringenden Vaters, sagte mir Max, habe er in seinem ganzen Leben nicht gehört. Der weltberühmte Wissenschaftler, der Vater, von dessen Bewunderern die Söhne nur gehört hatten, er wisse alles, gestand in seinen letzten Lebensminuten, daß er gar nichts wisse. Das war – nach der großen Anerkennung. dem Erfolg, der ihm zuteil geworden war – seine letzte Bilanz, die letzte Botschaft, die er seinen Söhnen als Vermächtnis hinterließ:

„Ich weiß nicht. Weiß nichts. Weiß nichts."

Als man dem Toten längst die Augen geschlossen hatte und zur Beerdigung aufbrach, während er mit dem

Bruder über dem offenen Grab das Kaddish las, ohne die Worte des Gebets zu verstehen, da klang Max noch immer nur dies eine im Ohr.

„Ich weiß nicht. Weiß nichts. Weiß nichts."

Er hörte weder die Lobrede des Rabbiners noch die Ansprachen des Rektors und anderer Würdenträger der Universität. Er hörte lediglich und unaufhörlich diese wenigen Worte, die sich den schweren Lippen seines Vaters entrungen hatten, bevor er verschied. Mit jedem Erdklumpen, der ins Grab geworfen wurde und auf den Sarg des Vaters fiel, schien das Echo zu kommen: Ich weiß nicht. Weiß nichts. Weiß nichts.

„So tief hat sich mir nichts im Gedächtnis eingeprägt", sagte Max, als er mir vom Tod seines Vaters berichtete. Und auch ich habe es nie mehr vergessen können.

Ich kann mich auch daran erinnern, was er mir von seiner Familie erzählt hat. Sein Bruder Felix war acht Jahre älter. Es hatte wegen des Altersunterschieds Zeiten gegeben, da sie nicht viel miteinander verband – als Felix etwa ein junger Mann von zwanzig und Max erst ein zwölfjähriger Bub war. Später dagegen diskutierten sie oft bis in die Nacht hinein über alles, was sie persönlich bewegte. Wenn Felix in der Nähe war, fühlte sich Max stets sicher und geborgen, und Felix wurde bald ernsthafter als die meisten gleichaltrigen Männer, weil er sich um seinen kleinen Bruder kümmern mußte.

Genau zwischen ihnen – vier Jahre vor Max, vier Jahre nach Felix – kam eine Schwester, die von beiden vergöttert wurde. Martha war schön, sie war lebenslustiger als ihre beiden Brüder, und sie spielte vorzüglich

Klavier. Ihr unbeschwerter Gesang, ihr Lachen, das wie tausend helle Glocken tönte, erfüllte das sonst so stille Haus – es war die beste Medizin gegen jeden Kummer. Kurz vor ihrem achtzehnten Geburtstag verlor sie die Mutter. Von dem Tag an übernahm Martha den Haushalt, und sie erfüllte die Aufgaben ihrer Mutter so gut, als ob sie nie etwas anderes im Sinn gehabt hätte.

Drei Jahre später, nach dem Tod des Vaters, wurde sie das eigentliche Familienoberhaupt, und weder Max, der noch das Gymnasium besuchte, noch Felix, der Assistent des bekannten Astronomieprofessors Hagen war, dachten auch nur einen Augenblick darüber nach, ob das die einzig richtige oder mögliche Lösung war. Natürlich taten sie so, als ob sie mitentschieden, aber ihnen war völlig bewußt, daß sie zuguterletzt immer das akzeptierten, was Martha für richtig hielt. Ihr Wort, stets von einem fröhlichen Lachen und einem zauberhaft spielerischen Zug um die Mundwinkel begleitet, war für sie Gesetz, noch bevor sie es ausgesprochen hatte. Nur einen Vorwurf machte sie ihren Brüdern – daß sie sich zu sehr in Büchern vergrüben und das Leben nicht so genössen, wie es sich eigentlich gehörte.

„Und wie stehts da mit dir?“ gaben sie zurück. „Du solltest längst einen Mann und Kinder haben. Wir müßten schon mit Neffen und Nichten spielen können.“

„Ich?“ fragte sie lächelnd. „Ich muß zuerst einmal euch beide verheiratet sehen. Danach bin dann ich an der Reihe.“

„Das würde nur dazu führen, daß wir das erstbeste Mädchen zur Frau nehmen., nur damit du nicht eine alte Jungfer wirst.“

„Um mich braucht ihr euch keine Sorgen zu machen“, pflegte sie schlußendlich zu bemerken, und dann hallte das Haus wider von einem lustigen Lachen. „Nun zieht schon los und vergnügt euch. Sonst werdet ihr mir noch vertrocknen.“

Bis eines Tages – Felix war schon Dozent an der Universität und Max stand kurz vor dem Studienabschluß – das Licht verlöschte. Martha erkrankte. Die Ärzte stellten fest, daß sie Leukämie hatte, und weniger als ein halbes Jahr später sahen sich die Brüder allein. Wieder einmal kehrten sie zusammen vom Friedhof zurück. Eine Zeitlang herrschte zwischen ihnen Schweigen, bis endlich Max – wann immer er keine Antwort wußte, wandte er sich an seinen Bruder – die Frage aussprach.

„Warum?“

Nach einer Weile wiederholte er seine Frage: „Warum? Sag mir warum.“

Max glaubte, daß Felix, so wie vorher sein Vater, auf alles eine Antwort wüßte. Felix konnte jedoch nur wiederholen, was sie Jahre zuvor von den Lippen ihres sterbenden Vaters vernommen hatten: „Ich weiß nicht. Weiß nichts. Weiß nichts.“

In dem Augenblick wurde es Max, der sich seit dem Tod seines Vaters mit dem Gedanken versöhnt hatte, daß es vieles gab, was er nie wissen würde –, in dem Augenblick wurde es Max klar, wie er mir am Hof des Sturmbannführers Kohl erklärte, daß eins der Geheimnisse, die er nie würde lösen können, diese Frage betraf: Warum Martha mitten im blühenden Leben, warum von allen Menschen in der Welt ausgerechnet Martha so jung sterben mußte.

Und, so erklärte er mir, noch etwas sei ihm klar geworden: Wenn es einen Gott gäbe, wie man es ihn als Kind gelehrt, was er so viele Jahre geglaubt hatte, nämlich bis zu Marthas Tod –. falls es einen Gott gäbe, würde er ihn jedenfalls nie mehr lieben können.

# * * 6

Was wußte ich sonst über Max Himmelfarb? Kannte ich den Grund, warum er dauernd vergaß, wo er sich befand und Dinge sagte, die nicht das Mindeste mit dem vorausgegangenen Gespräch zu tun hatten?

Ich wußte, daß er nach dem Studium der Geschichte an seiner alten Universität als Bibliothekar tätig gewesen war. Dort, inmitten der systematisch in den Regalen geordneten Bücher, fühlte er sich am wohlsten. Da hatte alles seinen bestimmten Platz, und er kannte, wenngleich er nicht jedes einzelne Buch gelesen hatte, den Inhalt von allen, und unter den Kollegen und Studenten war er berühmt – sein Gedächtnis funktionierte mit der Präzision eines Uhrwerks. Er lieferte ihnen auf Verlangen zu jedem beliebigen historischen Themenkreis eine umfassende Bibliographie, ganz als ob er sie aus dem Ärmel zu schütteln vermöchte.

Persönlicher Ehrgeiz war ihm fremd. In einer von jenen wissenschaftlichen Zeitschriften, die damals in Deutschland erschienen, veröffentlichte er gelegentlich eine kleinere Forschungsarbeit, aber er war sich darüber im klaren, daß er da nichts Bahnbrechendes leistete. Wie bei einem Maulwurf lag auch seine Stärke im geduldigen Wühlen, im Ausgraben von allem, was je über irgendein Thema geschrieben worden war, und dem anschließenden Vergleichen, Zusammenführen, Ordnen und Sichten der Schlußfolgerungen, die andere Forscher gezogen hatten. Eine übertriebene Selbstachtung konnte man ihm wirklich nicht vorwerfen. Und wenn seine eigene Arbeit ziemlich bedeutungslos sein sollte? Vielleicht würde sich eines schönen Tages irgendein großer, visionärer Historiker intuitiv des gleichen Themas annehmen. Und vielleicht würde diesem großen Historiker gerade das bescheidene kleine Talent abgehen, mit dem er, Max Himmelfarb, so überaus reichlich begabt war.

Während seiner Arbeit kamen ihm manchmal die abstrusesten Vorstellungen in den Sinn. Er konnte sich geistig in die Menschen, über die er schrieb, hineinversetzen und zum Teil Gespräche mithören, die sie einst geführt hatten. Er fand das recht amüsant, und wenn er abends mit seinem Bruder zusammensaß, pflegte er solche Gedanken mit ihm zu teilen.

Bei einem dieser Gespräche unter Brüdern berichtete Max Felix von zwei Rittern, die miteinander hoch oben auf ihrer Burg einen Becher Rheinwein nach dem anderen leerten und sich über Gott und die Welt unterhielten, insbesondere aber die Tochter eines benachbarten Burgherrn, die als Hexe auf dem Scheiterhaufen verbrannt worden war. In diesem Dialog übernahm Max beide Rollen, und er konnte sich noch genau an das schallende Gelächter von Felix erinnern, als er den einen Ritter die Bemerkung aussprechen ließ: „Nun stell dir das vor! Und so was gibt es tatsächlich, in unserer Zeit – im *dreizehnten* Jahrhundert!“

Er war sich nie sicher, ob Felix wirklich ein Interesse an Geschichte hatte oder nur aus Liebe zum Bruder Anteilnahme zeigte. Daß umgekehrt ihn das Fachgebiet seines Bruders faszinierte, stand außer Frage. Und zwar nicht nur deshalb, weil er auf den enormen wissenschaftlichen Erfolg seines Bruders zu Recht stolz war, sondern, wichtiger noch, weil alles, was ihm sein Bruder berichtete, für ihn irgendwie auch zur Geschichte gehörte. Einer Geschichte, die viel weiter zurückreichte als irgendetwas, was Menschen aus den Annalen des einzigen uns bekanntermaßen bevölkerten Planeten je würden erforschen können. Aus kosmischer Sicht wirkte diese Erdenchronik völlig anders als nach Maßgabe archäologischer Grabungen oder der Handschriften von Menschen, die in den verschiedensten Epochen gelebt hatten. Die menschliche Geschichte vermochte nur die Aufeinanderfolge von Herrschern und den Aufstieg und Niedergang von Reichen bestimmen. Wenn es jedoch um Gründe und Gesetzmäßigkeiten einer Entwicklung ging, so konnte man einfach nur raten. In der Welt der Gestirne dagegen, in der Felix zu Hause war, war alles genau vorherbestimmt. Da ließ sich wie bei einer Maschine, wo sich ein Rädchen genauestens ins andere fügte, alles ganz präzise erklären.

Zu jener Zeit kam Max die Idee, das, was wir als menschliche Geschichte bezeichnen, ereigne sich eigentlich immer nur dann, wenn unser Planet im Weltall eine bestimmte Position einnimmt, die sich aus seiner Konstellation mit den anderen Sternen berechnen läßt. Unsere Geschichte wäre möglicherweise also in Wirklichkeit nur Bestandteil der Geschichte des gesamten Universums – oder umgekehrt. Felix konnte sich nicht halten vor Lachen, als Max Werke über indische, persische oder andere exotische Astrologie nach Hause brachte.

„Du siehst ja schon wie ein Wahrsager aus", sagte er. „Paß bloß auf, sonst wirst du noch auf dem Scheiterhaufen verbrannt wie diese Hexe, von der du mir erzählt hast."

Aber man hat ihn nicht auf dem Scheiterhaufen verbrannt, nicht einmal, als andere Menschen zu Millionen verbrannt worden sind. Es gelang ihm, – wie mir auch –, am Hof des allmächtigen Sturmbannführers Kohl die Hölle zu überdauern. Und vielleicht hat er überlebt, weil er den Sternen glaubte, als sie ihm zu erkennen gaben, daß die im Zeichen des Zwillings Geborenen auch das Schlimmste überleben würden.

„Ich muß rasch eine Frau für dich finden. Sonst wirst du mir noch völlig verrückt", lachte sein Bruder, der selbst nie ans Heiraten dachte, obwohl er acht Jahre älter war.

Beide versuchten an und ab, sich gegenseitig zum Heiraten zu bewegen; gelegentlich erinnerte einer den anderen daran, wie sehr Martha sie gedrängt, ja fast angefleht hatte, sich einen Ruck zu geben und das Leben zu genießen, bevor sie zu Staub zerfielen – doch keiner hatte solche Sprüche wirklich ernst genommen. Den Haushalt führte ihnen eine ehrbare, gute alte Frau, die auf makellose Sauberkeit achtete, haargenau wußte, wo jeder Knopf und jeder Löffel seinen Platz hatte; sie kam ihrer Arbeit ruhig und fleißig nach, so daß es ihnen an nichts fehlte. Die Brüder brauchten sich um nichts zu kümmern. Die Frau hieß Engel, doch selbst ohne diesen Namen hätten die zwei sie für einen Boten des Himmels gehalten.

Sie waren wirklich auf einen anderen Menschen nicht angewiesen.

Über den älteren Bruder weiß ich nichts Näheres; Max begnügte sich mit der einen oder anderen kurzen Liebschaft. Die Mädchen waren meist junge Kolleginnen aus der Bibliothek, oder es handelte sich um Studentinnen, für die er Bücher aus den Regalen holte. Solche Bekanntschaften dauerten nie länger als ein paar Wochen oder höchstens zwei Monate, sie endeten freundschaftlich, und er hatte nie Anlaß, sich hinterher schämen oder etwas bedauern zu müssen. Und kein einziges Verhältnis bedeutete ihm mehr als etwa ein Spaziergang durch einen blühenden Garten oder ein wunderbarer Tag oder ein schöner Traum oder ein herrlicher Ausblick, den er noch nicht gekannt hatte.

Bis auf eine einzige Ausnahme. Das Mädchen hieß Hilde. Sie arbeitete ebenfalls in der Universitätsbibliothek, und doch überraschte sie ihn; so etwas hatte Max noch nie erlebt. Er hat mir so oft und so ausführlich von ihr erzählt, daß ich sie sogar in einem Gedränge wiedererkennen würde und ihre Worte im voraus erraten könnte, auch wenn ich sie nie persönlich gesehen habe. Ich werde Ihnen aber nur eines verraten: Das Jahr, in dem Max Himmelfarb mit ihr zusammenlebte, war das glücklichste Jahr seines Lebens. Alles, was ich über Hilde und über ihr gemeinsames Jahr weiß, ist mir in solch reiner Keuschheit erzählt worden, daß ich mir wie ein Verräter vorkäme, falls ich Ihnen mehr davon berichtete.

Er erlebte es zum erstenmal, daß ihn jemand aus der Welt der Bücher ins echte Leben hinausführte, aus der Sackgasse der Vergangenheit hinein in unmittelbare Gegenwart und in Träume von einer Zukunft. Zum erstenmal nahm er vertraute Gegenstände in die Hände, und zwar nicht, um sie von einer Stelle zur nächsten zu tragen, sondern nur um sie anzufassen, sie zu berühren, zu wenden, von allen Seiten liebevoll zu betrachten und sich über die Weisheit zu wundern, mit der alles, mit der jedes Ding zu seinem besonderen Zweck geschaffen war.

Er erkannte zum erstenmal im Leben die Schönheit und jahrhundertealte Weisheit der Gegenstände, erkannte sie in jedem einzelnen Hammer und Spaten, in jedem Tisch, jedem Stuhl, in jedem Bohrer und jeder Leiter. Er erlebte es zum erstenmal, daß ein jemand ihn lehrte, mit beiden Beinen fest auf der Erde zu stehen – auf dieser Erde, die plötzlich wunderschön war, auf der er alles liebte, weil er selbst zum erstenmal von Liebe erfüllt war.

Und eines Morgens, an einem Morgen nach einer zauberhaften Nacht, ging er zur Arbeit und auf seinem Schreibtisch lag ein Papier, auf dem stand groß in Blockbuchstaben ein Wort: RASSENSCHÄNDER. Darunter die Zeichnung eines Menschen am Galgen.

Im ersten Augenblick wollte er seinen Augen nicht trauen. Konnte das möglich sein? Hier, in der Universität? Plötzlich kamen ihm wieder die beiden Ritter in den Sinn, über die er mit Felix gewitzelt hatte: „Nun

„Vater ist klug. Und das *ist* kein Unsinn."

Auch der kluge Vater Bald wußte keinen Rat. Sie saßen im Lichtschein, den die Lampe über das weiße Tischtuch warf. Der alte Mann zupfte mit seinen knochigen Fingern lange an seinem Robbenschnurrbart, stieß aber zuguterletzt nur hervor: „Es gibt Dinge, die jeder nur für sich allein entscheiden kann. Hilde ist ja nicht dumm. Was sie entscheiden wird, das gilt." Dann setzte er seine Mütze auf, sagte ihnen wie immer Gutnacht und ging zur Nachtschicht aus dem Haus.

In der Nacht liebten sie sich wie nie zuvor. Und doch begann sie sich in dieser Nacht auch von Max zu trennen.

Erinnerungen an jene Nacht und alles Folgende quälten ihn wie ein wutentbrannter Wespenschwarm. Er suchte dagegen anzugehen, ihn abzuschütteln, aber die Wespen kehrten erbarmungslos immer wieder zurück, mit der Hartnäckigkeit wilder Eindringlinge. Er hörte, wie Hilde ihn pausenlos anflehte, ihr eines, doch wenigstens dieses Eine zu glauben – daß sie nicht an sich selbst dachte.

Er hörte die eigene Stimme, wenn er sie zu überzeugen versuchte, die ganze Geschichte sei lediglich ein böser Alptraum, und er hörte Hilde, die jedesmal dagegenhielt: „Nein, Liebster, nein. Was wir gemeinsam bisher erlebt haben – *das* ist Traum gewesen. Und jetzt kommt das Erwachen – ein Erwachen in einer Wirklichkeit, wie sie entsetzlicher nicht sein kann."

Am nächsten Tag kam sie, um ihm mitzuteilen, sie habe um ihre Versetzung an eine andere Zweigstelle der Bibliothek gebeten, die ihrem Elternhaus näher lag. Er fühlte ihre Hand in seiner Hand ruhen, und was sie ihm zuflüsterte, konnte er nie mehr vergessen: „Vergiß mich nicht, Junge."

Die Luft zwischen ihnen schien zu zittern. Er folgte ihr mit den Augen, bis sie in einem Labyrinth von Regalen verschwand, ohne sich noch einmal umgedreht zu haben.

Doch einmal sah er sie noch – an dem Tag, als beide Brüder auf die demütigendste Art und Weise ihre Stellen verloren, als er aus der Bibliothek und Felix aus der Fakultät hinausgeworfen wurden. Sie kamen sich hilflos vor, wie entwurzelte Bäume, überwältigt von den Schlägen, die von allen Seiten auf sie niederzuprasseln drohten. Sie fühlten sich wie Tiere in der Falle. Wie Kinder, die sich im Wald verlaufen hatten. Sie waren wie Blinde, die einen Ausweg suchten und keinen fanden. Jedesmal, wenn einer von ihnen einen Hoffnungsschimmer zu entdecken meinte, schlug eine neue Welle der Verzweiflung über ihnen zusammen und trieb sie erneut zur Verzweiflung.

Sie saßen, den Kopf in der Hand, schweigend am Tisch, als sie das Klingeln an der Haustür hörten. Sie erstarrten zuerst vor Angst, weil sie genau wußten, was in jenen Tagen ein Besuch so spät nachts bedeutete. Schließlich zwang sich Max, aufzustehen und die Tür zu öffnen.

„Hilde", flüsterte er nur. Ihm versagte die Stimme. Sie trat wortlos ein, schaute ihm nur mit einem traurigen Lächeln in die Augen und zog die Tür rasch hinter sich zu. Er konnte nur immer wieder ihren Namen wiederholen.

„Nein, Liebster“, sagte sie, als er ihr aus dem Mantel helfen wollte. „Laß das. Ich werde dir nicht mal einen Kuß geben. Ich kenne mich. Ich weiß, wie schwach ich bin. Mir fehlt ja schon die Kraft, dir den Grund meines Kommens zu sagen. Ich bin gekommen, um dich etwas zu bitten“, sagte sie, und was sie in Worten nicht ausdrücken konnte, das kam im inständigen Flehen ihres Blicks zum Ausdruck. „Geh fort. Du mußt weg. Du mußt das Land verlassen. Weit weg. Je weiter, desto besser. Bitte. Bitte, geh so rasch wie möglich. Ich habe dir gegenüber noch nie eine Bitte geäußert. Jetzt bitt ich dich: Um dessen willen, was uns verbunden hat und noch immer verbindet, flehe ich dich an, ich beschwöre dich, flieh, solang es noch geht.“

Sie sah ihm lang schweigend in die Augen. Dann rannte sie, ganz als ob sie sich aus einem Traum herausreißen wollte, zur Tür, ließ dann aber einen Moment noch die Hand still auf der Klinke ruhen.

„Geh nicht. Bleib bei mir.“ Er suchte, sie zurückzuhalten.

„Es geht nicht, Junge. Nichts wäre mir lieber, aber wir müssen uns trennen. Wenn ich jetzt bliebe, würde ich nie mehr fortkönnen. Und du könntest auch nicht mehr fort.“

„Dann laß uns zusammen fortgehen.“

„Du weißt doch – ich kann nicht fort. Ich kann Vater nicht allein lassen. Außerdem ist mein Platz hier. Ich weiß es genau. Aber dein Platz ist woanders.“

„Aber wo?“

„Das weiß ich nicht. Irgendwo anders. Weit weg von allem, was mir hier solche Angst macht.“

Er kannte sie gut – so gut wie sonst keinen Menschen. Wenn sie eine Sache einmal durchdacht hatte, konnte nichts sie mehr von ihrem Entschluß abbringen. Das wußte er ganz genau. Er ließ unausgesprochen, was ihm in diesem Augenblick durch den Sinn ging; es schien ihm besser so. Sie drehte sich, die Hand auf der Klinke, noch einmal zu ihm um. Für einen Moment trafen sich ihre Blicke. Ein Funke sprühte. Er war stärker als beide. Sie warf sich ihm in die Arme und küßte ihn mit der ganzen Liebe, derer sie fähig war, ein letztesmal. Dann riß sie sich los. Er hörte sie noch, als er wie versteinert stand, von draußen die Türe schließen, die Stufen hinuntereilen und sich entfernen – auf Nimmerwiedersehn.

Selbst danach verharrten die Brüder Himmelfarb in dem Gefühl, daß alles nur ein flüchtiger Spuk sei. Sie schwankten wochenlang zwischen Hoffnung und Verzweiflung, ohne sich in irgendeiner Weise zu einem bestimmten Plan entschließen zu können. Nach dem Gesetz der Schwerkraft stürzte um sie herum die Welt ein, während sie in ihrem Zögern immer auf der gleichen Stelle blieben, wie ein Pendel, dessen Schwingungsraum sich von Tag zu Tag verringerte.

Was Max mir am Hof des allmächtigen Sturmbannführers Kohl von diesen Tagen erzählte, war wie von Nebeln umflort – bis auf ein Ereignis. Das stand ihm noch immer klar und deutlich vor Augen, und er beschrieb es folgendermaßen:

Und wieder einmal klingelt es an der Haustür, auch diesmal geht er öffnen. Sechs Schlächtertypen in braunen Uniformen dringen in die Wohnung ein, wie Säulen

wirken die Beine in den hohen Stiefeln, mit denen sie alles in Reichweite zertreten, wie Hämmer sind ihre Fäuste, mit denen zertrümmern sie alles, was ihnen unter die Finger kommt. Zunächst bleibt es bei Worten – Worte, die stinken, wie Abfall; dann setzt es Schläge. Felix und er werden gepackt, die Treppen hinuntergestoßen, getreten und auf der menschenleeren Straße in einen wartenden Wagen gedrückt, der sofort absaust.

Mit hochgehobenen Armen, das Gesicht gegen eine Wand gedrückt, müssen sie stundenlang warten, bis sie zu einem Verhör abgeholt werden. Zuerst Felix. Daß sein Bruder an diesem Tage zu Tode geprügelt wurde, erfuhr Max erst viel später. Das wußte er nicht, als die Reihe an ihn kam.

Ein anderer Schlächter sitzt an einem Tisch, der für ihn viel zu klein scheint, wie ein Junge, der den Kniehosen entwachsen ist, so wirkt er, und jedes Wort, das er ausspuckt, trifft Max ins Gesicht. Nach jeder Antwort – auf Fragen, die von Minute zu Minute grotesker werden – öffnet er die Schleusen, und über Max ergießt sich eine wahre Flut schmutziger Flüche. Auf dem Schreibtisch tanzen Gegenstände, wenn der Kerl in seiner Wut mit der schweren Faust auf die Platte donnert.

Als letztes sieht Max noch, wie der Mann hinter dem Schreibtisch sich wie ein Berg auftürmt, ein schweres, schwarz gebundenes Buch in die Pranke nimmt, sich nach vorn beugt und Max das Buch mit aller Kraft auf den Kopf haut.

Dann hört Max sich noch wie aus weiter Entfernung selbst sagen: „Bücher sind also sogar noch für Ihresgleichen nützlich."

*Nach* dem Heruntersausen des Buchs auf seinen Kopf aber hatte Max häufig das Gefühl, daß ihm beim Reden die Worte entgleisten, wie Züge entgleisen.

# 7

Dank der Geistesgegenwart des Zwergs Leo Riesenberg ging an dem Abend, von dem ich Ihnen berichtet habe, alles gut. Doch vor uns lagen noch viele böse Nächte, und beim Betreten des großen Raums, wo Lagerkommandant Kohl seine Gäste bewirtete, waren wir uns nie sicher, daß wir heil und lebend wieder herauskommen würden. Ich will Ihnen die Geschichten von dem üblichen Verlauf der meisten Abende ersparen. Von einem Abend muß ich jedoch erzählen, weil Ihnen sonst die ganze Geschichte der Hofnarren unverständlich bliebe.

Der Jongleur Adam Wahn war für die Rolle des Unterhalters besser gerüstet als wir; ihm wurden gleich mehrere Rollen übertragen. Seine Aufgabe bestand nicht nur darin, Kohls Gäste bei Laune zu halten – auch die Neuankömmlinge im KZ. Die bekamen nach dem Eintreffen Seife und Handtuch, weil sie glauben sollten, daß sie ein Duschbad erwarte, und so standen sie in einer langen Schlange vor dem Eingang zum Bad, von dem keiner zurückkehren sollte. Während sie dort also Schlange standen, spielte ein Häftlingsorchester Walzer, Polkas und Märsche – den wahren Grund für diese Or-

chestermusik haben wir erst viel später begriffen: Sie mußte die Angst- und Schmerzensschreie der Menschen übertönen, die allzuspät erkannten, daß sie in die Falle der Gaskammern gelockt worden waren. Wahn fiel es zu, die Wartenden in der Schlange mit seinen Kunststücken zu erheitern. Er warf dann zwei, vier, sechs oder sieben farbige Billardkugeln in die Luft, eine nach der anderen, und fing jede im Fallen auf, um sie gleich wieder hochzuwerfen. Die Menschen in der Schlange, die ja noch immer nicht wußten, daß auf sie der Tod wartete, bewunderten seine Geschicklichkeit und konnten den Blick gar nicht lassen von den bunten Billardkugeln, die in den Bahnen kreisten, die ihnen von der Hand des klugen Jongleurs genau vorgeschrieben waren.

Eine weitere Aufgabe Wahns bestand darin, dem Lagerkommandanten Tricks beizubringen, mit denen er seine Offiziere amüsieren konnte, etwa ihnen Tischtennisbälle aus Ohren und Nasen zu ziehen und, sein Meisterstück, irgendwem zwei Bälle aus den Hosen zu zaubern. Wenn er jemand einen Büstenhalter nach dem anderen aus der Tasche hervorzauberte, johlten alle vor Begeisterung.

Ein Fest bei Kohl ohne die vier Hofnarren, vor allem aber ohne den Zwerg mit dem lächerlichen Namen und dem unglaublich gewitzten Jongleur wäre unvorstellbar gewesen. Auf jedem Fest gab es zwar eine Menge Frauen, aber die waren auf die Dauer doch langweilig. Wahn dagegen verstand es, immer neue Kunststücke zu erfinden, und deshalb schenkte Kohl Wahn seine besondere Aufmerksamkeit wie dem Prunkstück einer wertvollen Kollektion. Mit ihm gab er allen seinen Freun-

den gegenüber an, und was er dem Jongleur als Dank für seine Mühen an Resten zukommen ließ, war so viel, daß Wahn damit einen weiteren Krieg hätte überleben können.

Jedesmal, wenn Wahn mit einer Bewegung seiner geschickten Hände die farbigen Bälle hochwarf, auffing und wieder in die Höhe jagte, konnte Kohl seinen Blick nicht von Wahn lösen. Er war immer wieder aufs neue beeindruckt von der Genauigkeit der Wurfbahnen. Stundenlang konnte er Wahn zuschauen, als sei er von ihm verzaubert, in maßlosem Erstaunen die Billardbälle verfolgen, die wie ein Uhrwerk sausten, das nur auf ein Kommando von Wahn stillstand.

Kohl hatte mehr als einmal versucht, den Jongleur in seinem Spiel zu stören, ihn in seinem Selbstvertrauen zu erschüttern, aus der Fassung zu bringen, so daß er eine Kugel verfehlen würde, ihn sekundenlang abzulenken, damit seine Hand die Kugel nicht rechtzeitig fangen könnte. Er sprach Wahn während des Spiels an, zwang ihn zu antworten, in der Hoffnung, seine Konzentration zu schwächen. Doch die Hände des Jongleurs arbeiteten ununterbrochen weiter, wie eine Präzisionsmaschine. Kohl schritt im Raum auf und ab, um plötzlich mit einem Sprung neben Wahn zu landen. Machmal machte Kohl sogar das Licht aus. Doch wenn er es wieder anschaltete, stand Wahn unverändert an der gleichen Stelle, und die Billardkugeln kreisten unverändert in ihrer Bahn.

Dadurch kam Kohl auf die Idee, Wahn sei für mehr zu gebrauchen als nur zur Belustigung der Gäste. Kohl konnte ihn einsetzen, um einen Batzen Geld zu verdie-

nen, ganz wie ein Rennpferd seinen Besitzer reich machen kann.

Als auf einer der folgenden Abendveranstaltungen bereits alle einen über den Durst getrunken hatten, erklärte Kohl feierlich, er würde jede Wette eingehen, daß niemand, ganz egal wie, den Jongleur so aus dem Konzept bringen könnte, daß er auch nur eine Billardkugel fallen ließe.

Die Gäste begannen zu wetten, die Einsätze kletterten in die Höhe, und schließlich gab Kohl Wahn das Zeichen zum Spiel. Die Billardkugeln kreisten in ihren Bahnen, und die Gäste begannen miteinander zu wetteifern und suchten immer neue Methoden, um Wahn ins Wanken zu bringen, um diese menschliche Maschine, die sie einen Haufen Geld zu kosten drohte, zum Stillstand zu bringen.

Anfangs versuchten sie es mit allem, was auch Kohl schon probiert hatte. Sie sprangen urplötzlich neben Wahn und dachten sich alles Mögliche aus, um ihn zu überraschen und aus dem Gleichgewicht zu bringen. Sie suchten ihn zu erschrecken, indem sie ihm von hinten ins Ohr schrien. Sie verfluchten und beleidigten ihn. Sie torkelten wie Besoffene an ihm vorbei und taten so, als ob sie jeden Augenblick auf ihn stürzen würden. Doch nichts konnte Wahn dazu bringen, über eine einzige seiner Billardkugeln in ihren Umlaufbahnen die Kontrolle zu verlieren.

Sturmbannführer Kohl klatschte Applaus. Seine Gewinne mehrten sich. Wahn gab nicht einen Zoll nach, selbst dann nicht, als ein Spieler die Pistole zog und zwei Schüsse in die Decke jagte, ja, nicht einmal, als

Hauptsturmführer Walz – und der war berüchtigt dafür, Menschen umzulegen, nur weil sie ihm über den Weg liefen, so wie andere Menschen Raupen zertreten – sich mit gespreizten Beinen vor ihm aufstellte und mit der Pistole aufs Herz zielte. Die Billardkugeln kreisten unbeirrt weiter, um den ausgestreckten Arm von Walz, um den Lauf der Pistole herum.

Dann kam die Reihe an einen jungen Leutnant, der etwas ganz anderes versuchen wollte. Er war fest überzeugt, ein Mann könne mit allem in der Welt fertigwerden, mit Kälte wie Hitze, mit Hunger und Durst, den körperlichen Reizen einer Frau aber könne niemand widerstehen, und wann hatte dieser dreckige, stinkende Jude wohl zum letztenmal mit einer Frau geschlafen? Da wollen wir doch mal sehen, welche Wirkung der Anblick einer nackten, weißen Haut auf seine Nerven hat.

Leutnant von Schlangenfeld schritt durch den Raum zu einem roten Plüschsofa, auf dem etliche beschwipste junge Frauen sich räkelten. Von Schlangenfeld wählte die mit dem üppigsten Busen, pflanzte sie Wahn vor die Nase und riß ihr die schimmernde Seide vom Leib.

Und so stand sie splitterfasernackt vor dem Jongleur, und der Leutnant befahl ihr, gewisse Bewegungen auszuführen. Sie hob die prallen Brüste mit den steifen Warzen und ließ sie fallen wie ein Paar reifer Früchte. Sie rollte langsam und rhythmisch mit dem Bauch, drückte das schwarzhaarige Dreieck darunter heraus, zog es wieder ein und legte sich auf Schlangenfelds Anweisung auf den weißen Läufer, Wahn zu Füßen und öffnete die nackten Schenkel, so daß er das rötliche Siegel

erkennen mußte, das er bestimmt nicht vergessen hatte und bestimmt wieder einmal brechen wollte.

Da gab es unter den Anwesenden niemand, der nicht wie gebannt verfolgt hätte. was sich da abspielte. Die Blicke wanderten von dem nackten Frauenkörper zu den Händen des Jongleurs, zurück zu Bauch und Brüsten des Mädchens, das alles gar nicht ungeschickt anstellte. Da gab es im Raum keinen Mann, der das Mädchen nicht gern gepackt und davongetragen hätte. Nur das Gesicht von Wahn blieb starr und ungerührt. Ihm zitterten nicht einmal die Hände. Mit der Präzision und Regelmäßigkeit einer Maschine warf er die sieben Billardkugeln hoch, fing er sie wieder auf. Leutnant von Schlangenfeld war unglaublich einfallsreich, doch irgendwann hatte auch seine Fantasie Grenzen, und als seine Anweisungen sich zu wiederholen begannen, beschloß Sturmbannführer Kohl, dem Spiel ein Ende zu machen.

„Meine Herren“, sagte er. „Ich denke, für heute reichts. Ich verspreche Ihnen, Sie werden Ihre Chance zur Revanche bekommen. Jetzt sollten wir uns wieder den Damen zuwenden. Sonst könnten sie sich noch beklagen, daß wir sie vernachlässigt hätten.“ Er gab dem Jongleur ein Zeichen. Wahn fing seine Billardkugeln ein, eine nach der anderen, und wartete auf neue Befehle.

Und in dem Moment schoß Hauptsturmführer Walz ein Gedanke durch den Kopf. Ihm schien das Verlieren schwererzufallen als den andern – deren Hände waren bereits unter den Kleidern der kichernden Mädchen beschäftigt. Da hörten sie den Hauptsturmführer.

„Mit Ihrer Erlaubnis, Herr Kommandant – wenn der

Herr Kommandant nichts dagegen hat, würde ich mein Glück gern noch einmal versuchen." Er erklärte sich bereit, seinen Einsatz zu erhöhen und stellte lediglich die Bedingung, der Jongleur müsse im angrenzenden Raum ein paar Minuten warten.

Kohl war nicht gerade begeistert von dieser Idee. Das Spiel begann ihn zu langweilen. Weil er jedoch eine solch hübsche Summe gewonnen hatte, wäre es nicht fein gewesen, Walz die erbetene letzte Chance abzuschlagen. Überdies – selbst wenn Kohl die bisherigen Gewinne des Abends reichten, warum sollte er auf ihre mögliche Verdopplung verzichten?

„In Ordnung", sagte er. „Ich gebe Ihnen eine letzte Chance, aber nur unter der Bedingung, daß Sie meine Wette akzeptieren." Und er zog seine Gewinne des ganzen Abends aus der Tasche, zählte und legte das Geld auf den Tisch.

„Einverstanden", sagte Walz. Während Wahn in eins der angrenzenden Zimmer geführt wurde, die Offizieren vorbehalten waren, rief Walz seinen Burschen herbei und flüsterte ihm etwas ins Ohr. Der Soldat salutierte und verschwand, um den Befehl seines Offiziers auszuführen.

Wir Hofnarren saßen in einer Ecke des Nebenzimmers beisammen. Der Jongleur hatte Zeit genug zum Nachdenken, bevor wir zur Fortsetzung des Programms befohlen wurden. Er wußte sehr wohl, daß alles, was er bis dahin durchgemacht hatte, nichts wäre im Vergleich zu dem, was Walz – mit seiner selbst in Kohls Hölle beispiellosen Grausamkeit – für ihn vorbereitete. Er machte sich nicht einmal die Mühe zu erraten, was im

Kopf dieses Henkers vor sich gehen mochte. Doch eins war ihm klar – was immer es sein mochte, es käme direkt aus der Küche Satans.

Er wußte eins, und dies eine prägte er sich unablässig ein – wichtig war nur zu leben. Zu leben, zu leben, zu überleben, am *Leben* zu bleiben, zu *atmen*. Sonst war jetzt für ihn nichts mehr von Bedeutung. Adam Wahn würde nicht ums Leben kommen. Sollte er kriechen müssen, würde er kriechen. Sollten sie ihm befehlen, Scheiße zu fressen, würde er Scheiße fressen und notfalls sogar erklären, die Scheiße schmecke ihm gut. Adam Wahn *wollte* leben. Und er *würde* leben, das war ihm klar, solange er dem allmächtigen Sturmbannführer Kohl nützlich bliebe. Falls er sich, um für Kohl von Nutzen zu sein, in einen emotionslosen Roboter verwandeln müßte, würde er sich durch nichts zu menschlicher Rührung hinreißen lassen. Adam Wahn *würde* überleben. Schließlich wurden wir alle gemeinsam in den großen Raum zurückgeholt, wo Kohl mit den Gästen feierte. Unser Platz war unter dem langen Tisch, neben den Hunden des Kommandanten.

Alle saßen an ihren Plätzen. Die Mädchen auf dem roten Plüschsofa zogen sich die Kleider zurecht. Uns war klar, daß die Offiziere schon andere Dinge im Kopf hatten und etwas wirklich Außergewöhnliches erwarteten. Sie befanden sich Wahn gegenüber im Vorteil, weil *sie* ja wußten, was auf ihn zukam. Wo vorhin der erfolglose Leutnant von Schlangenfeld gestanden hatte, stand jetzt Walz – mit gespreizten Beinen und gekreuzten Armen stand er da wie der Henker, der nur auf den Moment wartet, da die Axt fällt.

Auf ein Zeichen von Kohl begann der Jongleur jede der sieben farbigen Billardkugeln in ihre Bahn zu werfen und wieder zu fangen.

Dann öffnete sich die Tür. Im dunklen Rahmen erschien Wahns Frau. Nackt.

Walz hatte gewußt, wie wahrscheinlich es war, daß sich im Frauen-KZ jenseits des Stacheldrahts Verwandte Wahns befinden mußten. Ob Mutter, Frau, Schwester oder Tochter – das war Walz ziemlich egal. Ihm war jede recht, wenn er nur seine Wette gewönne. Sein Bursche hatte saubere Arbeit geleistet. Besseres hätte er gar nicht finden können. Er hatte Wahns Frau aufgetrieben. Und das schien Walz selbstverständlich lohnender, als wenn sein Bursche mit irgendeiner alten Tante oder einem Kind gekommen wäre. Und unbekleidet, ohne die KZ-Fetzen, sah sie gar nicht mal so übel aus. Dem stinkenden Juden mußte es wohl gelungen sein, ihr gelegentlich was von den Resten zukommen zu lassen, die ihm Kohls Koch zuschanzte. Solchem Treiben würde Hauptsturmführer Walz recht bald ein Ende machen – an diesem besonderen Abend schien es seinen Zwecken dienlicher, daß sie nicht so ausgemergelt ausschaute wie die anderen. An diesem Abend hätte ihm ein Skelett mit gelblicher Faltenhaut wenig genützt.

Jetzt wollen wir doch mal sehen, sagte sich Walz, wollen wir mal schaun, ob dieser stinkende Jude, der ihn am Abend schon so viel Geld gekostet hatte, auch diesmal die Ruhe bewahrte. Gar keine üble Idee, dachte er, und gab das Zeichen, die Frau des Jongleurs hereinzuführen.

Vor Angst und Kälte zitternd, stand sie vor Adam

Wahn. Für einen Augenblick trafen sich ihre Blicke. Er sah ihre Verzweiflung. Und sie las, was in seinen Augen geschrieben stand: Auch das wird vorübergehen, jetzt kommt es nur aufs Überleben an, auf das Leben. Sie senkte den Blick. Wie eine Statue stand sie da, genauso still, und weder ihr noch ihrem Mann war anzumerken, was innerlich in ihnen vorging. Die farbigen Billardkugeln stiegen in die Höhe, wurden von den ruhigen, steten Händen des Jongleurs eingefangen, und kreisten in dem engen Raum zwischen Adam Wahn und seiner Frau.

„Sieh ihm in die Augen“, befahl Walz. „Und sieh dir mal das an.“

Er zog die Pistole. Mit ihrem kalten Lauf berührte er Esthers Brustwarze. Sie begann zu schluchzen. Adam aber redete sich ein, er könne sehen, ohne zu sehen, hören, ohne zu hören, und die bunten Billardkugeln zogen weiterhin unbeirrbar, nicht schneller, nicht langsamer, ihre Kreise.

In der Totenstille des Raums war nur Esthers Schluchzen zu hören, ihr Schluchzen und der trockene Laut, mit dem die Billardkugeln in Wahns Händen aufprallten, bevor sie erneut in die Höhe schossen. Es war, als besäße Adam Wahn zwei verschiedene Bewußtseinsstränge. Mit dem einen dachte er einzig und allein an seine Frau, während der andere sich voll und ganz auf jene Bewegungen konzentrierte, die die Präzision eines Uhrwerks hatten – die länglichen Finger des Jongleurs zitterten nicht eine Sekunde.

Falls dieses Spiel jemand nervös machte, so den Hauptsturmführer Walz. Auf seinen Brauen bildeten sich plötzlich Schweißperlen. Sein Gesicht lief puterrot an. Er knöpfte sich, während er Esther die Pistole gegen die Brust hielt, den hohen Uniformkragen auf. Der Kragen wurde ihm zu eng.

Es gab Augenblicke, in denen Walz die Selbstbeherrschung zu verlieren schien, und in solchen Augenblikken nahmen wir an, daß eine innere Stimme Wahn befehlen würde: Los, *jetzt,* pack dir eine von diesen kreisenden Billardkugeln und schlag diesem Verrückten den Schädel ein. Es gab aber eine andere, lautere Stimme, die, alles übertönend, unaufhörlich wiederholte: Es kommt nur darauf an zu leben, zu *leben*, und mit jeder Billardkugel, die hochgeworfen und wieder eingefangen wurde, wiederholte die Stimme: Leben, leben, *leben.* Und auch dabei blieb Adam Wahns Miene völlig ausdruckslos.

In seiner Wut über die scheinbare Ruhe des Jongleurs, in seiner Wut darüber, daß die teuflische Idee, auf die er so stolz, derer er sich so sicher gewesen war, ohne Erfolg blieb, Wahn nicht umgeworfen hatte, begann Walz zu schreien, zu fluchen, zu schäumen. Er setzte Esther die Pistole an die Schläfe und drohte, sie abzuknallen wie eine tollwütige Hündin.

Doch Adam Wahn ließ sich nicht beirren. Wahn hielt die sieben Billardkugeln in ihren Bahnen. Und jedesmal, wenn er eine in die Höhe warf, und jedesmal, wenn er eine fing, *mußte* Walz Wahn flüstern hören: Leben, leben, leben!

Da, plötzlich, ein Schuß. Schreie erfüllten den Raum, aber kein Schrei von Esther, die tot zu Boden stürzte, bevor aus ihrem Innern ein Laut ihre Lippen erreichen konnte, aus denen ein dünnes Rinnsal Blut über das weiße Gesicht floß.

„Genug!“ rief Kohl. Walz wurde bleich wie der Tod. „Genug!“ Der Kommandant schlug mit der Faust auf den Tisch. „Bei jedem Spiel gibt es Regeln. Das, Herr Hauptsturmführer, war schlechter Stil. Dafür werden Sie mir büßen.“

„Genug“ – Adam Wahn hörte das eine Wort, das bis dahin stets das Zeichen zur Beendigung der Vorstellung gegeben hatte. An dem Tag beachtete er es nicht. Es hätte ja eine Falle sein können. Er mußte überleben. Adam Wahn würde überleben. Leben, leben, leben, sagte er sich unzählige Male, und er warf die farbigen Billardkugeln weiterhin hoch, hoch, hoch und noch einmal hoch, und er fing sie ein, und er warf sie von neuem in die Höhe, fing und warf, eine nach der anderen, in die Bahn, die er jeder bestimmt hatte.

Die tote Frau wurde hinausgetragen. Hauptsturmführer Walz ging leichenblaß davon. Mit albernen, verlegenen Entschuldigungen folgten die andern, bis sich, abgesehen von den drei Hofnarren unter dem Tisch, zuletzt nur noch Lagerkommandant und Jongleur im Raum befanden.

Sturmbannführer Kohl versuchte mehrmals, Wahn zum Einhalten zu bewegen, aber Wahn machte weiter, als hörte er nicht. Sturmbannführer Kohl verließ den Raum, als er es schließlich nicht mehr zu ertragen vermochte. Da war der Jongleur mit seinen sieben farbigen Billardkugeln, die unverändert ihre Kreise zogen, allein, und Adam Wahn schien sich mit ihnen zu drehen, und nach jedem Umlauf wiederholte er die Worte, die er nur für sich sagte: Leben, Überleben. Bloß am Leben bleiben.

Der Liliputaner legte die Arme um einen der Hunde unter dem Tisch und weinte wie ein Kind. Max Himmelfarb und ich führten den völlig benommenen Jongleur in die Baracke zurück. Wir blieben die ganze Nacht bei ihm.

# 8

Nie sind wir Gott so nah gewesen wie in den Jahren, die wir in der Hölle verbrachten. Alle vier.

Es gab dort sogar Menschen, die waren überzeugt, daß unsere Erfahrungen im Plan Gottes einen ganz besonderen Zweck erfüllten. Die nahmen demütig *alles* als vorherbestimmt hin und hörten nie auf, Gott in seiner Weisheit zu rühmen.

Ich schlief eine Zeitlang neben einem mageren, einfältigen Schneider aus Lodz. Wenn er nicht betete, sang er mit hoher, dünner Stimme immer wieder das gleiche Lied. Er sang es vor sich hin. Es war ein jiddisches Lied. Den Anfang konnte ich aber verstehen:

*Gott in seinem mishpat ist gerecht,*
*Man kan nisht sagen Gott is shlecht . . .*

An viel mehr kann ich mich nicht erinnern. Den Rest des Lieds summte er gewöhnlich so, als wolle er sich damit in den Schlaf wiegen. Nur ein Vers haftet mir noch im Gedächtnis:

*Gott weiß, was er tut.*
*Umzist straft er keinen nicht.*

Den Schneider aus Lodz konnte nichts in seinem Glauben erschüttern. Zum letztenmal habe ich das Lied gehört – und die Melodie klingt mir heute noch im Ohr –, als ihn auf der anderen Seite der Mauer ein Kapo aus der Baracke warf, weil er irgendeine kleine Regel übertreten hatte. In Eis und Schnee mußte er niederknien. Er sang. Zuerst klang seine Stimme lauter als sonst. Dann wurde sie schwächer und schwächer, bis sie verstummte. Die Stille war lauter als jeder Laut. Am nächsten Morgen mußten wir seinen toten Körper mit der Axt aus dem Eis herausschlagen.

In der Hölle des Sturmbannführers Kohl ließen viele sich in ihrem Glauben nicht irremachen. Und andere wandten sich Gott zu, nicht weil sie an Ihn glaubten, sondern weil sie in dieser Finsternis irgendeinen Halt brauchten. Sie beteten, flehten Ihn an, machten Ihm Versprechungen, schworen Ihm Eide. In dieser Hölle redeten sogar Menschen mit Gott, die gar nicht an Ihn glaubten. Sie unterschieden sich von den Gläubigen nur dadurch, daß sie ihre Gebete mit den Worten begannen: „Wenn es Dich gibt . . .“

Gott, das war die schützende Hand der Mutter, der sichere Ort, der Baum, den man berührt wie im Kinderspiel, damit die anderen einen nicht fangen dürfen – wie das Sanktuarium einer Kirche. Gott war die Zuflucht, der Hafen für Schiffe im Sturm, der Strohhalm, an den der Ertrinkende sich klammert. Alle wandten sich an Gott, sprachen ihn an, einige ununterbrochen, manche häufig, andere nur in den allerschlimmsten Stunden. Irgendwie wollte ihm jeder nahe sein.

Auch ich habe mich an Ihn gewandt. Ich bat ihn um Antwort. Es gab Augenblicke, in denen ich seine Zeichen deuten zu können meinte und für alle Dinge einen Sinn, einen Zweck, eine Bestimmung annahm. Ich hatte sogar geglaubt, daß meine Verunstaltung in Gottes höherem Plan eine Bedeutung haben mußte. In dem Mosaik aus den Milliarden von Steinchen mußte ich mich doch an der richtigen Stelle befinden, so glaubte ich Ihn zu verstehen, wenn Er mir etwas schenkte, was Er anderen versagte, eine Gabe, die den übrigen Menschen vorenthalten blieb. Auch später, als ich nichts mehr begriff, glaubte ich noch, daß Gott irgendeine besondere Absicht hatte – wenigstens mit den Überlebenden wie uns vier Hofnarren des Sturmbannführers Kohl. Vielleicht waren wir auserwählt, all das Böse zu bezeugen, dessen der Mensch fähig ist.

Den Moment, als ich den letzten Rest meines Glaubens verlor, kann ich genau angeben.

Drei Tage zuvor hatte ich meine Schuld beglichen. Wenn Kohl uns das Leben gerettet hatte, indem er uns als seine Hofnarren schützte, so habe ich damals ihn gerettet. Ob das, was ich da tat, recht war, werde ich nie wissen. Aber ich habe es getan.

„Daß die Russen näherrücken, wissen Sie ja", sagte ich, als er mir ein Zeichen zum Sprechen gab. „Die Russen werden innerhalb von vierundzwanzig Stunden hier sein. Für Sie gibt es nur eine Lebenschance: wenn Sie abhauen, ohne Zeit zu verschwenden."

Ich wußte von der Gefahr, die dem Überbringer

schlechter Nachrichten droht. In einem Wutanfall hätte mich Kohl auf der Stelle erschießen können. Er hätte uns alle umlegen können – auf die Weise wären alle Zeugen verschwunden. Ich wußte aber auch, daß Kohl oft stundenlang vor dem Radio hockte. Was ich mitzuteilen hatte, konnte ihn also nicht völlig unvorbereitet treffen. Ich hatte zu einem Radio keinen Zugang; das müßte auch Kohl klar sein, der genau wußte, daß ich bewußt nie meinen Hals riskieren würde, und welche Strafe auf dem Abhören des Radios stand, war bekannt – auf das Abhören eines Feindsenders würde Kohl meine Warnung also keinesfalls zurückführen. Ich konnte sie nur aus anderer Quelle haben, und es war denkbar, daß Kohl auf eine derartige Bestätigung bloß gewartet hatte. Er nickte mir dann sogar wie zum Dank zu.

Nachts wurden wir vier mit den anderen zusammen in den Baracken eingepfercht. Wir hatten Angst, sie würden die Baracken niederbrennen, in die wir eingesperrt waren. Keiner fand Schlaf. Max Himmelfarb, der neben mir wachlag, wiederholte ununterbrochen: „Du brauchst dir keine Sorgen zu machen. Die Zwillinge werden überleben." Ob er damit nur sich selbst oder mir Mut einflößen wollte, weiß ich nicht.

Wir hielten den Atem an und horchten in die Nacht. Wir hörten zornige Stimmen, Befehle, deren Inhalt wir nicht verstehen konnten. Wir hörten ein wildes Herumlaufen, das Fluchen der Wachen, das Bellen von Hunden, anspringende Motoren. Lastwagen fuhren davon.

Als zwei Tage darauf die Russen das KZ erreichten, fanden sie keinen einzigen Deutschen. Sie fanden Dutzende von toten Opfern. Aber der Tod hatte noch immer nicht genug. Das Festmahl, das die Ausgemergelten sich aus den zurückgelassenen Resten der Wirtschaftsräume machten, sollte für viele zur letzten Mahlzeit werden.

Doch wir vier überlebten und saßen bei Morgengrauen, nach einem Nachtmarsch, in einem Zug in einem Bahnhof, der überquoll von Menschen, die wie wir auch aus befreiten Lagern kamen und den gen Westen vorrückenden Armeen folgten.

Alle boten den gleichen Anblick, den von KZ-Häftlingen, denen die gestreiften Lumpen an den Knochen hingen. Einige wenige hatten sich, wer weiß woher, ein paar Hosen, Stiefel oder ein Hemd beschaffen können – die kamen uns andern bereits reich vor. Wir konnten uns wenden, wohin wir wollten – überall traten uns die scharfen Konturen von Dingen entgegen, die wir, jeder auf eigene Weise, zu vergessen suchten. Viele drehten sich aus Zeitungspapier und billigem Tabak, den russische Soldaten schenkten, Zigaretten, schauten dem Rauch nach, der sich in die Höhe kringelte, und suchten in den grauen Wolken am Himmel das Morgen und Übermorgen zu ergründen. Der Zug war voller Träumer. Manche starrten durch die geöffneten Fenster nach draußen, und ihre Blicke fuhren von einem Himmelsende zum andern, von einem Stein zum nächsten, von Baum zu Baum, und konnten den Hunger ihrer Sinne einfach nicht stillen. Die Luft, die sie atmeten, war rauchig und rußig und voll von Latrinengestank und Benzingeruch, und trotzdem – wir atmeten ein, so tief wir einatmen konnten: Es war die Luft der Freiheit.

Andere saßen in sich versunken da, als zählten sie,

was sie verloren hatten. Als durchsiebten sie Asche. Als blickten sie in ein offenes Grab und begriffen jetzt erst das volle Ausmaß des Schreckens, den sie durchlebt hatten. Der Graben begann plötzlich bodenlos, zum Abgrund zu werden.

Die meisten versuchten allerdings einfach nur zu übertönen, was sie innerlich beunruhigte, ängstigte, verunsicherte oder ihnen in einer Vorahnung der Leere, die sie am Ende der Reise erwartete, das Herz zerriß. Sie munterten sich mit lauter gekünstelter, gezwungener Fröhlichkeit gegenseitig auf; sie erzählten sich – meist schmutzige – Witze; hier und da erklang ein halbvergessenes Lied. Niemand konnte sich erinnern, wann er es zum letztenmal gehört oder gesungen hatte. Schwach waren die Stimmen dieser geschwächten Menschen, doch sie waren so viele, und wenn einer nach dem anderen einstimmte, schwoll der Gesang an wie ein Fluß, der über die Ufer tritt.

In unserem Abteil redete keiner so viel wie der Liliputaner Leo Riesenberg. Seine erstaunlich kräftige Stimme übertönte alle anderen. Von den Hofnarren des einst allmächtigen Sturmbannführers Kohl, die auf dem Weg in die Freiheit zusammenblieben, war dem Sterngucker und dem Jongleur nicht nach reden zumute. Dem Zwerg mit dem grotesken Namen aber quoll eine nicht endenwollende Gedankenflut wie Quellwasser aus dem Mund.

Er stellte sich, damit wir ihn ja nicht überhörten, auf die Bank und begann wie immer: „Herrschaften, meine Herrschaften, hier“ – und er zeigte mit seinem Kinderfinger auf seinen unverhältnismäßig großen Kopf auf dem dürren Körper mit den kurzen Beinchen – „dadrin, meine Herren, ist alles bis aufs letzte durchdacht worden. Und Sie dort drüben – es wäre besser, wenn auch Sie mir genau zuhören würden! Es könnte Ihnen nur nützen, den Worten eines Weisen zu lauschen."

Die Mahnung galt den anderen vier Skeletten in gestreiften Lumpen, die in unserem Abteil saßen. Sie hatten irgendwo Karten aufgetrieben und waren so in ihr Spiel vertieft, daß selbst der redegewaltigste Mensch sie nicht hätte ablenken können. Leo Riesenberg machte eine leichte Bewegung mit der Hand, wie um anzudeuten, die vier seien ein hoffnungsloser Fall, und sprach weiter.

„Herrschaften, unsere Stärke liegt in der besonderen Art unserer Organisation. Zwerge aus aller Welt, vereinigt euch! Eine Million Zwerge, meine Herren! Haben Sie sich einmal überlegt, welch eine Macht diese Zwerge darstellen? Es würde ja schon genügen – und das ließe sich mühelos bewerkstelligen –, daß überall in der Welt bei den Regierungssitzungen *ein* einziger Zwerg sich unter dem Konferenztisch versteckt und alle Geheimnisse der Welt befänden sich in unserer Hand. Meine Herren, sind Sie sich darüber im klaren, was das bedeutet? Wer wird in Zukunft die Pläne eines potentiellen Hitler vereiteln können? Wir werden sie vereiteln, meine Herren. Wir, die Zwerge!"

Er schlug sich während des Redens mit der winzigen Hand gegen die Brust, ganz nach der Art der Volksredner, wie wir sie aus der Vorkriegszeit kannten. Er wollte uns zum Lachen bringen. Manchmal hatten wir jedoch Mühe zu unterscheiden, was komisch und was ernsthaft gemeint war, weil Leo Riesenberg der Wahrheit auf Haaresbreite nahekam.

„Seit Jahrtausenden haben Riesen die Welt beherrscht – Riesen und Männer, die sich für Riesen hielten. Und was hat uns das gebracht? Ja, was eigentlich? Ich frage Sie, meine Herren: Was haben wir den Riesen zu verdanken? Ich wills Ihnen sagen, meine Herren: Uns reichts! Und jetzt, meine Herren, mein Appell an Sie: Geben Sie *uns* eine Chance! Uns Zwergen! Und deshalb noch einmal mein Aufruf: Zwerge aller Größen, vereinigt euch! Sie sind einssechzig? Einssiebzig? Welch ein Jammer! Welche Verschwendung – von Stoffen für Hosen und Mäntel, von Leder für Ihre Schuh! Aber das ist unwichtig. Wichtig ist nur, daß Sie, und ich meine Sie alle, eins nie vergessen: Sie sind Zwerge. Sie sind keine Riesen. Nehmen Sie Goliath als Beispiel. Sein ganzes Problem bestand darin, daß er nicht wußte, wie klein er war. David aber wußte, daß Goliath nicht so groß war wie er ausschaute. Es sind die Riesen, meine Herrschaften, die uns in den tiefsten Abgrund geführt haben, dessen der menschliche Geist fähig ist. Nein, tiefer noch. Lassen Sie endlich die Kleinen an die Macht. Unsere Zeit ist gekommen. Treten Sie den Zwergen und ihrer Partei bei. Mit den Riesen und den großen Herren sind wir gefallen. Meine Herren, es ist Zeit, wieder aufzustehen und gemeinsam mit allen Zwergen emporzusteigen."

„Noch eins, meine Herren", fuhr er fort, mit einer schrillen Stimme, die sich hob und senkte, während er auf seinen kurzen Beinchen hin und her sprang. Er machte den Eindruck, als stünde er in einem schwankenden Boot, das jede Sekunde umkippen könnte. „Meine Herren, jeder muß seinen ganz persönlichen Beitrag leisten. Ich selbst, meine Herren, habe meinen Plan schon gefaßt. Wir werden einen Zirkus von Zwergen gründen. Direktor Leo Riesenberg, ein Meter dreißig groß, gibt sich die Ehre, Sie zu einer Galavorstellung einzuladen. Haben Sie eine Ahnung, wie herrlich das sein wird? Stellen Sie sich vor, meine Herren, stellen Sie sich das einmal vor: Der große Leo Riesenberg, der Löwe der Löwen. Der einzige Zwerg der Welt als Raubtierdompteur. Und was für ein Dompteur! So etwas, Herrschaften, hat die Welt noch nie gesehen. Und nun, meine Herren", so schloß er, „nun, meine Herren, auf den Zwergenzirkus und seinen Erfolg, auf Sie und auf Ihre Gesundheit – ich gehe pinkeln. Bitte warten Sie auf mich."

Auf die Idee, sich einen Weg durch das Gewühl im Gang zu bahnen, kam er nicht. Er kroch durchs Fenster nach draußen. Wie ein Äffchen landete er auf dem Bahnsteig, wo er vor unseren Augen einen Purzelbaum schlug, bevor er an den Geleisen lang lief, das heißt, eher hopste als ging, mit kurzen, torkelnden Schritten. Er hielt den winzigen Körper vorgebeugt wie ein davonhastender Vogel, und sein Kopf schwankte unentwegt von einer Seite zur andern. Dann verschwand er zwischen zwei Waggons.

Wenige Minuten später schien der Zug sich in Bewegung zu setzen. Wir hörten das Reiben der Stahlstoßstangen. Wir blieben ruhig – da wurde wahrscheinlich geprüft, ob die Waggons sich ankuppeln ließen, wir müßten also eigentlich bald weiterfahren: hätten wir sicher gedacht, wenn nicht in eben dem Augenblick die rauchschwangere Luft von einem Todesschrei durchschnitten worden wäre. Nur für den Bruchteil einer Sekunde. Er löschte alles übrige aus. Uns fuhr er ins Herz.

Wir fanden den zarten, kleinen Körper von Leo Riesenberg zwischen zwei Waggons – zerdrückt. Er lag in einer Blutlache. Auch die war noch klein.

Nach allem, was wir in den Jahren, die eben zu Ende gegangen waren, durchgemacht, gesehen und miterlebt hatten, war da eigentlich gar nichts Außergewöhnliches passiert. Die Welt war nur um einen jüdischen Liliputaner ärmer geworden. Und vielleicht um einige Träume. Aber von dem Augenblick an habe ich mich nicht wieder an Gott gewandt.

# 9

Wir begruben den kleinen Leo Riesenberg auf einem Feld nicht weit von den Bahngleisen. Uns drei Übriggebliebene trug die Eisenbahn in Stunden, die uns endlos vorkamen, aus der uns vertrauten Hölle ins Unbekannte, dem wir mit einer Mischung aus Angst und Hoffen entgegensahen. Doch mit jedem neuen Bahnhof, wo der Zug hielt – und er schien an Hunderten von Bahnhöfen zu halten –, fühlten wir unsere Hoffnung weiter schrumpfen und die Angst vor der Leere, die wir vor uns sahen, wachsen und wachsen.

Auf einem der vielen Bahnhöfe stieg Adam Wahn aus. Wir gaben uns zum Abschied die Hand. Er sagte kein einziges Wort. Ich reichte ihm ein Stück Papier mit einer Adresse, über die mich ein Brief mit Sicherheit erreichen würde. Er zuckte bloß mit den Schultern, wartete auch nicht auf dem Bahnsteig. bis der Zug abfuhr, winkte uns zum Abschied nicht einmal zu. Er verschwand einfach in der Menschenmenge.

Ein paar Stunden später war es an mir, Abschied zu nehmen und dem Dunkel entgegenzutreten. Max Himmelfarb fuhr allein weiter, ohne zu ahnen, daß er von einer Hölle in die nächste fuhr, und ich war nicht in der Lage, ihn zu warnen. Seit meinem letzten Dienst für den allmächtigen Lagerkommandanten, den Sturmbannführer Kohl, hatte ich nämlich die Gabe des Vorhersehens offenbar verloren.

Ich hatte auch Max meine Adresse gegeben. Aber weder von ihm noch von Adam Wahn erreichte mich je ein Brief. Die zwei Briefe, die ich, ohne eine genaue Adresse, an Max in seiner Heimatstadt richtete, kamen wenige Monate später als unzustellbar zurück, und so habe ich bis zu unserem Wiedersehen in Jerusalem von seiner zweiten Hölle nichts gewußt.

Überall sonst in der Welt hätte ich unser Wiedersehen als Zufall betrachtet. In Jerusalem gibt es aber keine Zufälle.

Max wohnte, wie ich da erfuhr, schon seit einigen Jahren in Jerusalem. Seine Heimatstadt hatte er nach der Heimkehr gleich wieder verlassen. Dafür, daß er während des kurzen Aufenthalts in Deutschland, dem er dann für immer den Rücken kehrte, und in Jerusalem vor diesem Zusammentreffen keinen Kontakt mit mir oder anderen Bekannten aus der Vergangenheit suchte, gab es Gründe. Jetzt aber war er außer sich vor Freude. Ich mußte ihn auf sein Zimmer in einem der alten Häuser an der kleinen Nebenstraße der Jaffa Road begleiten, und Mitternacht war längst vorbei, als er mich zu meiner Wohnung in Richtung Jaffa Gate zurückbegleitete. (Damals führte meine Straße genaugenommen gar nicht zum Jaffa Gate, sondern bis an eine hohe Mauer, die Jerusalem teilte.) Und Max erzählte mir, ohne daß ich ihn auch nur einmal unterbrochen hätte. was ihm widerfahren war, seit der Zug uns in Dunkelheit und Leere getragen hatte – zunächst alle vier Hofnarren des Sturmbannführers Kohl, dann nur noch drei, schließlich zwei und am Ende Max ganz allein auf der Heimreise zu seinem Geburtsort – oder besser: zu dem, was der Krieg von ihm übriggelassen hatte.

Das Haus, in dem er aufgewachsen war, lag in Trümmern. Die ehemalige Haushälterin Frau Engel war, als sie für die beiden Brüder nicht mehr arbeiten durfte, wieder in ihr kleines Eigenheim gezogen (aber selbst danach heimlich ein- oder zweimal wöchentlich gekommen, um bei Felix und Max Himmelfarb sauberzumachen und für Ordnung zu sorgen). Wie durch ein Wunder war ihr Häuschen in den Bombenangriffen verschont geblieben. Es stand in der Trümmerwüste wie ein einsamer Zahn in zahnlosem Mund.

Die gute alte Frau fiel ihm in die Arme und begann zu schluchzen und sagte immer wieder nur: „Daß wenigstens einer von Ihnen zurückgekommen ist!" Sie suchte überall im Zimmer nach Nahrung, um ihn zu stärken.

Obwohl er seit langem wußte, daß Felix nicht mehr lebte, hatte er doch in seinem Innersten immer noch eine leise Hoffnung gehegt – es war schrecklich, ganz ohne Hoffnung zu sein. Er hatte sich eingeredet, andere Gefangene, die Felix Leiche gesehen haben wollten, hätten sich geirrt haben können. Er hatte sich, wie er nun zugeben mußte, nur etwas vorgenacht. Nach diesem Verlust einer letzten Hoffnung brauchte er Hilde mehr denn je.

Mit aller Kraft zog es ihn zu ihr, zu dem Häuschen

gleich neben den Eisenbahnschienen, wo sie mit ihrem weisen Vater gewohnt und er selbst ein Jahr des Glücks mit ihr geteilt hatte. Es zog ihn mit aller Kraft zu ihr hin. Und doch mußte er, bevor er aufbrechen konnte, eine Angstmauer überwinden, die er plötzlich vor sich aufragen sah. Er hatte Angst. Solche Angst hatte er vielleicht noch nie empfunden wie in diesem Augenblick, als er sich fürchtete vor dem, was dort auf ihn warten mochte, wohin es ihn mit aller Kraft zog. Er verschob den Aufbruch Stunde um Stunde.

Seither waren so viele Jahre verstrichen, konnte so vieles geschehen sein. Hätte Hilde etwa damit rechnen können, daß von all den Abertausenden ausgerechnet er die Hölle überlebte? Mußte er nicht davon ausgehen, daß sie inzwischen wahrscheinlich verheiratet war, daß er sie als Mutter von Kindern wiedersehen würde, die sie einem anderen geboren hatte? Und selbst wenn kein anderer seine Stelle eingenommen hätte – mit der Liebe war es doch nicht wie mit dem Mond, der nach dem Abnehmen von selbst wieder zunimmt. Die Liebe, die einmal zu schwinden beginnt, löst sich schließlich in nichts auf, wie der Duft einer verwelkten Rose. Könnte das nicht auch für ihre Liebe gelten? Ihm ging plötzlich so manches durch den Kopf. Was wußte er denn von den Veränderungen, die nach den Jahren, in denen man hier nur hohe Männerstiefel, Hakenkreuzfahnen und Sieg-Heil-Rufe kannte, die Menschen erfaßt haben mochten?

Er wußte nur eins: Er hatte Angst – Angst, ob er auch das noch überstehen würde. In seiner Angst zögerte er stundenlang. Er wusch und rasierte sich und zog sogar einen Anzug von Felix an, den Frau Engel eben noch hatte retten können, bevor das Haus versiegelt worden war. Und schließlich überwand er seine Angst und machte sich an den Bahngeleisen entlang auf den Weg, der ihm noch in guter Erinnerung war.

Und dann begann er zu laufen. Er mußte es wissen. Was auch geschehen sein mochte, er mußte es erfahren. Gewißheit brauchte er.

Er klingelte an der Haustür. Eine alte Frau humpelte ihm entgegen. In der einen Hand hielt sie einen Stock. Die andere hielt sie schützend gegen das Licht. Sie hatte offensichtlich schwache Augen. Vielleicht war die Frau eine alte Verwandte, dachte er, die während des Kriegs von den Balds aufgenommen worden war.

„Entschuldigen Sie, wohnt hier noch die Familie Bald?“ Der Gedanke, daß sie aus irgendeinem Grund – etwa, weil Hilde anderswo eine Stelle gefunden hatte – verzogen war, kam ihm erst da in den Sinn.

„Wer?“ Die alte Frau nahm die Hand von den Augen und hielt sie sich ans Ohr. „Wer? Die Balds? Nein, mein Herr, die Balds leben nicht mehr hier. Die Balds leben überhaupt nicht mehr.“ Sie wurde plötzlich gesprächig und schüttelte den verschrumpelten Kopf. „Die Balds kriegen nie mehr Besuch. Nicht mal auf dem Friedhof. Wirklich nicht, mein Herr. Die Balds wurden erschossen. Piff. Paff. Puff.“ Sie hielt ihren Stock wie ein Gewehr. „Jawoll, umgebracht hat man sie. Beide, Vater und Tochter. Sie hatten Juden versteckt.“ Sie schlug sich mit ihren knöchernen Fingern an die gefurchte Stirn.

Er brachte es nicht einmal fertig, ihr für die Mitteilung zu danken. Er drehte sich um und rannte los. Er blieb erst stehen, als er den Fluß erreichte. Am Ufer, wo er, eine Ewigkeit war es her, Hilde zum erstenmal geküßt hatte, warf er sich ins Gras, und dann begann ihn ein Weinkrampf zu schütteln.

Später erst kam ihm die Frage: Wo bleiben all die Tränen, die in der Welt vergossen werden? Wie ist es möglich, daß die Städte nicht in Tränen ertrinken? Daß von ihrer Flut die Berge nicht fortgespült werden? War in den zurückliegenden schrecklichen Jahren nicht schon genug geweint worden? Wie konnte es jetzt noch zu solchem Tränensturz kommen?

In jener Nacht geschah zum erstenmal, was sich später oft wiederholen sollte: Seine Gefühle, selbst seine Trauer, gingen plötzlich unter in einer seit langem zurückgedrängten Wut, und diese Wut brach vulkanartig aus ihm heraus als ein Haß gegen Den, der doch Allmächtig war und den Dingen einen anderen Lauf hätte geben können und stattdessen gleichmütig über all die Greuel hinwegsah. Er riß Grasbüschel aus dem Erdboden und schleuderte sie gegen den Himmel.

„Du sollst gütig sein? Barmherzig? Gerecht?" schrie er. „Nein! Du bist schlecht. Böse. Abscheulich. Hinter jedem Stern sehe ich Dich. Ich merke den Spott, mit dem Du uns Menschen in unserer Ohnmacht auslachst."

Gras, Erdklumpen, Steine klatschten in den Fluß, und es klang, als ob jemand, der sich nicht halten konnte vor Lachen, aus lauter Spaß klatschte. Da ließ sich Max in noch größerer Verzweiflung wieder zu Boden fallen und verbarg sein Gesicht im Gras.

So verharrte er die ganze Nacht über in seinem

Schmerz. Als er sich am Morgen erhob, um in die Stadt zurückzukehren, war ihm nur eins klar: Er mußte fort. Wohin war völlig egal. Nur fort. Weit weg.

# * * 10

Jahre später haben wir uns in Jerusalem wiedergeseh-enn. Überall sonst hätte ich das einen glücklichen Zufall genannt, doch wenn Sie erfahren, auf welche Weise wir uns begegnet sind, werden Sie mir sicherlich zustimm-men, daß in dieser Stadt nichts zufällig geschieht.

Ich war an dem Morgen mit meinen wenigen irdischen Habseligkeiten in zwei kleine Zimmer umgezogen, die ich an der Mamila Street gefunden hatte, einer Straße, die einst – wie inzwischen wieder – zum Jaffa Gate führte, in jener Zeit aber vor einer grauen Mauer haltmachte, die Jerusalem in zwei Teile teilte.

Der Mann, der meine Sachen transportierte – ein gewisser Obadja, der vor rund fünfzig Jahren mit seinem Vater aus Kurdistan nach Erez Israel einwanderte –, gehörte zu der Art von Lastträgern, die früher an Straßenecken auf den Stufen zu sitzen pflegten und auf Arbeit warteten. „*Mazel tov!*“ sagte er, „viel Glück und alles Gute! Mögest du uns wieder einmal brauchen, um deine Sachen anderswohin zu bringen.“

Seine guten Wünschen müssen mir genützt haben, denn ich habe mich an dieser Straße seither stets sehr wohl gefühlt. Es ist eine Straße voller Träume, und nichts könnte mir größeres Vergnügen bereiten, als Ihnen von den Träumern dieser Straße zu erzählen. Eines schönen Tages werde ichs bestimmt tun. Aber nicht jetzt. Jetzt möchte ich Ihnen die Geschichte von den vier Hofnarren des einst allmächtigen Sturmbannführers Kohl erzählen, und ich darf nicht den Fluß unterbrechen.

Auf der anderen Seite, gegenüber den Stufen, wo die Lastträger saßen, befand sich ein bescheidener Kiosk. Hinter seinem Tresen steht den ganzen Tag über ein kleiner, gedrungener, gesunder, lebhafter Mann mit einem Käppi auf dem rundlichen Schädel. Er bedient stets lächelnd seine Kunden, ohne sich eine Sekunde in seinen Bemerkungen zu aktuellen Ereignissen in Jerusalem, Israel und der ganzen Welt unterbrechen zu lassen. Dieser Menachem Salz gefiel mir vom ersten Augenblick an, als ich ihn kennenlernte, am Tag meines Umzugs, als ich mir eine Zeitung kaufte und er mir etliches berichtete, was nicht in den Zeitungen stand. Wir haben uns wohl sofort angefreundet, und über Menachem würde ich nur zu gern etwas erzählen. Eines Tages tu ichs bestimmt. Das ist ein Versprechen. Aber auch das muß warten.

Ich ging abends noch einmal zum Kiosk, um eine Tasse Tee zu trinken, hauptsächlich aber, um dem weisen Menachem zuzuhören, und da ist es passiert.

In Jerusalem gibt es während der Dämmerung einen Moment, da beginnt vom Himmel ein rosa Schleier langsam auf den Horizont niederzufließen. Dieser Augenblick war eben angebrochen, als ich ihn auf der anderen Straßenseite näherkommen sah. Auf der Schulter trug er etwas, das wie ein Speer aussah, und in der Hand eine Art königliches Szepter. Es gab keinen Zweifel. Der schmale, knochige, noch immer aufrechte Körper; der dünne Hals, der mich stets an einen Vogel erinnert hatte und stets leicht abstach, als liefe er einen Schritt voraus; der längliche Schädel – fremd schien mir nur der schüttere, wehende Bart – und beim Näherkommen die Augen, diese kornblumenblauen Kinderaugen in einem Gesicht, das vor der Zeit alt geworden war: Das alles zusammen konnte nur zu Max Himmelfarb passen. Er sah aus wie ein König des Altertums, der aufgebrochen war, der Gerechtigkeit zum Sieg zu verhelfen.

Er bemerkte mich nicht, und ich war über die ganz und gar unerwartete Begegnung so überrascht, daß mir die Kehle ausgedörrt war wie ein trockenes Flußbett. Ich brachte kein Wort über die Lippen. Ich war froh, daß wir uns nicht gleich die Hand schütteln mußten. Mir blieb Zeit, mich zu fassen.

Speer und Szepter entpuppten sich als ein Ständer und ein altes Teleskop, und Max machte sich nun daran, den Ständer an der Ecke unter der Straßenlampe aufzubauen. Er setzte das Teleskop drauf und schien nur noch zu warten, bis das Perlmutt sich violett verfärbte und anschließend in eine Kobaltwiese mit goldenen Sternblumen verwandelte. Dann suchte er Kunden. Wann immer sich ein Passant näherte, begann er mit klagender Stimme zu rufen, als bete er für das Heil der Welt.

„Sterne. Herrschaften. Meine Damen, meine Herren, Sterne! Der Mond, Venus, Mars, Orion! Schauen Sie zu den Sternen empor, hinauf zu den Sternen. Sie sind viel näher, als Sie meinen. Vor Ihren Augen liegt der Himmel offen. Wollen Sie die Sterne nicht sehen? Sie möchten die Sterne wirklich nicht sehen?"

Er streckte seinen langen Vogelhals jedem entgegen, der vorüberging, hielt den Blick unentwegt auf die Sterne gerichtet und wandte sich nachher jedesmal jammernd Menachem hinter dem Tresen des Kiosks zu.

„Die Leute wollen nicht in die Sterne schauen. Wollen den Blick nicht heben und himmelwärts richten. Sie laufen nur mit gesenktem Kopf, als suchten sie irgendetwas, das sie verloren haben. Vielleicht würden sie es dort oben finden. Aber was wissen die schon?"

Als ich endlich wieder mit freier Kehle sprechen zu können glaubte, trat ich auf den Sterngucker zu – so wurde er dort, wie sich bald herausstellte, allgemein genannt – und fragte, ob ich durchs Teleskop schauen dürfe.

Er sah mich an, schien mich aber nicht zu erkennen.

„Du mußt ein Zwilling sein", bemerkte ich wie nebenbei.

„Ein Zwilling", sagte er und betrachtete mich unschuldig. „Ein Zwilling, ein Zwilling." Er intonierte das Wort wie eine Zauberformel. Und dann erst brach es aus ihm heraus – war es ein Freuden- oder ein Schmerzensschrei? „Der Richter! Der Richter! Ja, Zwilling. Habe ich dir nicht gesagt, wir würden zusammen überleben. Siehst du, ich habe recht gehabt." Und dann: „Wie lang ist das her, Richter? Die vielen Jahre! Wo bist du gewesen? Daß du irgendwann herkommen würdest, habe ich gewußt. Es stand in den Sternen. Aber es hat lange gedauert!"

Er nahm mich in die Arme und streichelte mein Gesicht, und ich weiß gar nicht, wie lange er mich umarmt hatte, als ich ihn mit zitternder Stimme sagen hörte: „Richter, laß mich nie wieder allein!“

Ich gab ihm mein Versprechen, und da breitete sich ein Lächeln über sein Gesicht, nicht nur in der ganzen Breite, wie bei Gesichtern sonst, sondern vom Kinn bis in die Stirn, wie von Norden nach Süden, und es hielt sich die ganze Nacht. Max tanzte und wirbelte herum, ich mit ihm, und wir riefen uns unentwegt zu. Der gute alte Menachem Salz schaute uns von seinem Kiosk her zu, schob sein Käppi zurück und kratzte sich am Kopf wie immer, wenn er etwas Erstaunliches sah oder hörte.

In jener Nacht hat Max Himmelfarb die Sterne vergessen. Ich nahm ihn zunächst in meine neue Wohnung mit, danach besichtigte ich sein Zimmer an einer Nebenstraße der Jaffa Street. Daraufhin begleitete er mich nach Hause, und anschließend ich wiederum ihn, und unterwegs kam uns eine Erinnerung nach der anderen, und immer wieder Neues über die langen Jahren, in denen wir getrennt gewesen waren. Wir hatten uns soviel zu erzählen. Als wir uns zuguterletzt verabschiedeten, mußte die Dämmerung wohl schon angebrochen schein.

# 11

Damals habe ich von Hilde erfahren und von jener Nacht am Flußufer, als sich der ganze Schmerz und die Wut, die sich über all die Jahre im KZ und am Hofe des Sturmbannführers Kohl in ihm gestaut hatten, aus Max Himmelfarb hervorbrachen wie Lava aus einem Vulkan.

Und ich habe auch erfahren, was ihn nach Erez Israel geführt, und seine Geschichte war noch erstaunlicher als meine eigene. Ich hatte immerhin einen Großvater gehabt, der bei uns daheim lebte, und seinen Geschichten und Träumen von Jerusalem als Kind gelauscht. Max dagegen stammte aus einer völlig assimilierten Familie. Mir fiel wieder ein, was er mir einmal vor Jahren gestanden hatte, daß sich nämlich der Judaismus der Familie Himmelfarb auf zwei jährliche Besuche der Synagoge beschränkte; zu den Anlässen setzte der Herr Professor seine seidene *Yarmulka* auf und saß zwischen seinen zwei Söhnen vorn, in einer der ersten Reihen. Nach dem Tode des Vaters gaben die Söhne auch das auf.

Die einzige Verbindung zum jüdischen Glauben bestand im jüngeren Bruder der Mutter, der Zionist war, weshalb die Familie ihn für etwas verrückt hielt. Onkel Samuel war Junggeselle und lebte als wohlhabender Börsenmakler in London. Bei Lebzeiten seiner Schwester kam er alle paar Jahre einmal kurz zu Besuch. Nach ihrem Tod hörten die Besuche auf. Max erinnerte sich erst wieder an seinen wahrscheinlich einzigen lebenden Verwandten, als er einer Hölle entkommen war und mit allen Kräften der zweiten zu entkommen suchte. Irgendwo stieß er auf die alte Adresse, und der freundliche Onkel Samuel holte ihn nach London und setzte ihn anschließend auf ein Schiff nach Erez Israel, wo er sich selbst niederlassen wollte.

Seinen Plan machte der Tod zunichte. Samuel fiel plötzlich tot um, ohne ein Testament zu hinterlassen, und die Erbschaft beanspruchten entfernte Verwandte, von denen Max noch nie gehört hatte. Max besaß nur das Wenige, was Samuel ihm für die ersten Monate bis zu seiner geplanten Ankunft auf den Weg mitgegeben hatte, und für einen kostspieligen Prozeß reichte das Geld auf keinen Fall. So stand Max mit leeren Händen da.

Es war gar nicht einfach, die Sprache zu lernen und Arbeit zu finden. Außerdem ließen sich Dinge, die er vergessen wollte, nicht verdrängen. Sie quälten ihn. So sehr er sich einzureden versuchte, es hätte so manches in Wirklichkeit nie gegeben – sie traten ihm immer wieder vor Augen. Er *wollte* glauben, alles sei nur ein Alptraum, das ewige Flattern der verdammten Fahnen vor seinen Augen sei bloß ein böser Spuk gewesen, ein Spuk das Stöhnen aus Tausenden von Häftlingszellen, die Massengräber, die sich füllten mit todesstarren Leibern, welche Tag und Nacht auf Lastwagen angekarrt wurden, die Massengräber mit endlosen Reihen von Menschen, die vom Maschinengewehrfeuer dahingemäht wurden, die Folterkammern, Galgen, die besprühten Gräber. Mit jedem Schritt schauten ihn Hildes Augen an. So viele Schrecken waren in sein Gedächtnis eingemeißelt wie in Stein, und wie sehr er sie auch zu verdrängen suchte, er kam von ihnen nicht los. Er *hatte* das alles miterlebt. Er wußte, in jeden Gruben und Gräbern lag ein Teil des eigenen Lebens mitbegraben.

Seit ihm der Helfershelfer des uniformierten Schlächters den Schlag auf den Kopf versetzt hatte, stärker noch, seit die Alte ihm Hildes Tod mitgeteilt hatte, konnte er das Gefühl nicht abschütteln, daß er sich wie ein Seiltänzer in der Luft bewegte und jeden Augenblick abstürzen und am Boden zerschmettern könnte.

Ich will gar nicht versuchen, dem Fall auf den Grund zu gehen. Seinen eigenen Berichten zufolge – und er war stets bei so klarem Verstand, daß er sich seiner Krankheit bewußt war – fühlte er sich hin und her gerissen zwischen einer Erregung über das, was sich um ihn herum tat, und einer dumpfen Gleichgültigkeit, in der er wie ein gebrochener Zweig hilflos im Fluß dahintrieb. Angstzustände und Depressionen trieben ihn häufig zum Arzt. Anschließend verbrachte er jedesmal einige Wochen in einer Anstalt. Dort schaute er durch das vergitterte Fenster in den Himmel über den Pinien am Zaun, oder er saß auf einer Bank im Freien und sah sich um, und daß er geweint hatte, wurde ihm erst klar, wenn mit dem Abend eine Schwester kam und ihm die

Tränen vom Gesicht wischte, bevor sie ihn wieder aufs Zimmer brachte. Manchmal, sagte er, fühle er sich wie einer von jenen Schatten, die er zwischen der Finsternis und dem Licht, zwischen Himmel und Erde hin und her huschen sah. Und manchmal glaubte er, bei anderen Menschen ein so großes Leid zu spüren, daß er mit ihnen litt.

Nach solchen Aufenthalten im Sanatorium, so berichtete er mir, hätte man ihn für ruhiger und gesünder gehalten, obgleich er sich selbst jedesmal gealtert und geschwächt vorgekommen sei. Während der letzten zwei Jahre aber habe er innerlich Ruhe gefunden. Er versuchte, nicht an die Vergangenheit zu denken und sich um die Zukunft keine Sorgen zu machen – das bißchen, was er zum Leben brauche, könne er immer verdienen. Es sei vielleicht nicht sonderlich stilvoll, den Lebensunterhalt auf diese Weise zu bestreiten. Anderseits – was sei eigentlich dagegen einzuwenden, für Straßenpassanten Paßfotos zu entwickeln oder ihnen die Sterne zu zeigen? Gebe es etwas Wichtigeres, als Menschen darauf aufmerksam zu machen, daß es im Universum noch etwas gibt außer dem Planeten, den *sie* bewohnen?

Auf diese Tätigkeit war er übrigens erst nach einer Reihe von Enttäuschungen verfallen, nach vergeblichen Bemühungen, an der Universität oder anderen Bibliotheken, in Redaktionen, Verlagen oder sonstwo Arbeit zu finden. Wie mir Menachem Salz berichtete, scheiterte Max immer nur aus einem Grund – nämlich an dem, was ich vorher schon einmal als den plötzlichen Windstoß bezeichnet habe, der die Register seines Gedächtnisses durcheinanderbrachte.

Eines Tages, als er die Universität verließ, bei der er sich vergeblich um eine Stelle als Bibliothekar bemüht hatte, blieb er vor dem Abstieg vom Mount Scopus ein Weilchen im Amphitheater stehen. Um die Tageszeit war das Amphitheater meist menschenleer. Das Panorama der Wüste Juda lag vor ihm wie ein bemalter Fächer. Im Hintergrund war verschwommen der Kranz des Gebirges Ephraim sichtbar. Die Sanddünen, eine neben der anderen, kuschelten mit ihren Rücken zwischen weißen Schatten wie eine Herde, die sich unter dunklen Zelten ausruht. Von Zeit zu Zeit zog ein Vogel quer durch den Himmel und brachte die Luft über der ausgebreiteten Landschaft ins Zittern.

Da spürte er zum erstenmal – und in den schweren Zeiten danach wurde es ihm noch bewußter –, daß Jerusalem ihm von hinten die Hand auf die Schultern legte, daß der leichte Luftzug von den Bergen her ihm die Wangen und Brauen streichelte und daß die ganze Landschaft um ihn her zu flüstern schien: „*Yihyeh tov.*" Alles wird gut, flüsterte die Stadt, „*yihyeh tov*", tröstete ihn die Wüste, und vom Gebirge Ephraim kamen dieselben Worte. Sie hingen über dem Spiegel des Toten Meeres, das er zum erstenmal in der Ferne erblickte. Überall hieß es: „Alles wird gut werden." Das waren die ersten Worte, die jeder neue Einwanderer lernte. Und obwohl er darüber früher gelacht hatte, war ihm nun, als ob auch er daran glaubte.

Nach der Heimkehr zum Zimmer, das er sich an einer Nebenstraße der Jaffa Street gemietet hatte, kramte er unter dem Bett eine Schachtel hervor. In der befand sich eine Kamera, die Frau Engel gerettet hatte; sie mochte altmodisch sein, war jedoch noch zu gebrauchen. Als Kind hatte er die Kamera vom Vater geschenkt bekommen und mit ihr liebend gern gespielt. Manchmal war ihm allerdings auch ein anständiges Foto gelungen, und ab und an gelang es ihm sogar, einen Augenblick einzufangen, von dem er mit Sicherheit wußte, daß er einmalig war.

Er hoffte, daß die Kamera, die er so lang nicht benutzt hatte, noch funktionierte, weil er wenigstens etwas von dem festhalten wollte, was er an diesem Tage im Amphitheater gesehen hatte – wenigstens einen Eindruck vom Zauber und Frieden des Licht- und Schattenspiels, das sich über die ganze Breite der Wüste Juda und des Gebirges Ephraim zog. Kurzum: Er wollte sein Glück als Fotograf versuchen.

Er begann für einige Zeitungen zu arbeiten; die zahlten jedoch so schlecht, daß er bei den paar Bildern, die er tatsächlich verkaufen konnte, nicht einmal die Unkosten hereinbrachte. Ein bißchen Geld brachten ihm Fotos von Hochzeiten und Bar Mitzvahs. Er kam auf die Idee, sich frühmorgens vor dem Amt zu postieren, das Reisepässe, Führerscheine und sonstige Urkunden ausstellte. Für solche Papiere wurde ein Foto benötigt, und deshalb baute er am Eingang sein Stativ auf und besorgte sich eine Genehmigung, im Hof einen alten Kombi abzustellen, in dem er die Negative entwickelte und Fotos abzog. Er konnte in der Stadt spazierengehen, Schaufenster anschauen, und wenn er eine Stunde später zurückkam, waren die Bilder fertig.

Während des Unabhängigkeitskrieges von 1948 begann das Bewußtsein von Max Himmelfarb sich wieder zu klären. Er interessierte sich mit einemmal wieder für das, was um ihn herum geschah. Er erkundigte sich nach allem, erhielt von allen Auskunft, las, was ihm unter die Finger kam, machte sich Notizen, sichtete und ordnete alles fachmännisch, auch wenn sein Kopf erschöpft war von den vielen überprüfbaren Fakten und beunruhigenden Gerüchten, und während des Wartens auf Kunden begann er Umherstehenden bald darauf auseinanderzusetzen, was sich tatsächlich zur Zeit abspielte und welche Entwicklung dies Land danach nehmen würde.

Was er sagte, klang überzeugend. Die Leute, die ihm zuhörten, nickten beifällig, und Max wußte, daß sie seine Meinungen weitertragen würden. Ihm war nicht nur so, als ob er seit Jahren nun erstmals wieder gebraucht werde; er sagte sich auch, daß er eigentlich jetzt erst seine Gabe entdeckt hatte, anderen Menschen Dinge zu erklären, und irgendwann könnte solche Begabung gewiß sinnvoller und systematischer genützt werden.

In jener Zeit brauchten die Menschen nicht nur Nachrichten und Kommentare. Vor allem brauchten sie Hoffnung. Da erinnerte sich Max der Sterne.

In dem großen Koffer, der alle Schätze aufbewahrte, die Frau Engel vor den Vandalen in den hohen Stiefeln hatte retten können, befand sich auch ein kleines Teleskop, das Felix gehört hatte. Eines Tages holte Max es hervor, trug es mit dem Stativ zu einem Schmied, und einen Tag später war das Stativ so ausgestattet, daß sich beides, Kamera und Teleskop aufsetzen ließen. Am gleichen Abend stellte sich Max mit seinem auf den sternenübersäten Himmel gerichteten Teleskop vor dem Cafe Hatikva auf. Er war überglücklich, als er den ersten

Kunden, der das Cafe verließ, zu überreden vermochte, durch den Metallzylinder des Teleskops zu blicken. Der Fotoapparat diente ihm dazu, anderen Menschen nützlich zu sein; das Teleskop half ihm, eine Sendung zu erfüllen. Die Menschen mußten erkennen, sagte er sich immer von neuem, daß die Welt nicht mit ihrem Planeten aufhört.

Nacht für Nacht stellte er sein Stativ auf, lud er alle, die das Cafe betraten oder verließen, zur Sternenschau ein. Er kam solange, bis das Cafe bankrott ging und schloß. Er versuchte es danach woanders, doch Polizisten oder Türsteher vertrieben ihn. Am Ende fand er den Kiosk an der King David Street, an der Ecke der Straße, die damals – und inzwischen wieder – zum Jaffa Gate führte, eben jener Straße, wo ich nach meiner Ankunft in Jerusalem eine Heimat fand.

Hier, vor dem Kiosk von Menachem Salz, dem guten Menschen, der unser beider Freund wurde, trafen wir Jahre danach wieder zusammen, und hier trafen sich die beiden übriggebliebenen Hofnarren des Sturmbannführers Kohl danach Abend für Abend um die Stunde, wenn das rosa Perlmutter vom Himmelsgewölbe herabzufließen beginnt, das sich weiter als Jerusalem und der Horizont spannt.

# 12

Wenn ich mich nach seinem Befinden erkundigte, antwortete Max jedesmal, es gehe ihm gut. Menachem Salz, der sich stets um ihn sorgte, berichtete mir allerdings mehrfach, wenn wir allein waren, daß der Geist unseres Freundes nach wie vor von Windstößen heimgesucht wurde. Einige Male habe ich es selbst beobachtet, doch kam es mir immer nur wie eine geistige Verwirrung vor, die genauso rasch wieder vorüberging. Im allgemeinen wirkte Max körperlich gesund und mit seinem Leben zufrieden, und er teilte seine Zeit auf zwischen Dienst und Sendung. Menachem Salz und ich hatten uns mit der Einsicht abgefunden, daß Max seine Krankheit wohl nie ganz verlieren würde; solange die Symptome sich nicht verschlimmerten, konnten wir damit fertigwerden.

Wir brauchten nur zu bemerken, wie er plötzlich das Thema wechselte, ein Weilchen ruhig bleiben und warten, bis Max seinen Faden wiederfand.

Und so wäre es bestimmt geblieben, wenn – was Max früher einmal angenommen hatte, aber inzwischen selbst nicht mehr glaubte – wirklich alles aus den Sternen zu lesen gewesen wäre. Aber in ihnen stand etwas, das wir nicht zu deuten vermochten.

Ich spürte eines Abends die Grippe nahen und ging früher nach Hause als sonst. Menachem wollte eben die Tageskasse schließen; er legte die verderblichen Waren in den Eisschrank und füllte die Kästen mit den leeren Flaschen, als die Straße mit einemmal von einem Ausbruch hemmungslosen Gelächters widerhallte. In der Hoffnung auf Kunden rannte der Sterngucker vom Kiosk, wo er mit Menachem sprach, zurück zu seinem Stativ und rief wie gewöhnlich:

„Sterne, meine Herrschaften, Sterne! Die rosa Venus, der rote Mars! Schauen Sie in die Sterne! Sie wissen ja gar nicht, wie nah sie uns sind!"

Eine jugendliche Bande nahm den Bürgersteig in der ganzen Breite in Beschlag. Die Teenager rannten wie eine Herde von Wildpferden. Sie rannten, sie warfen die Beine in die Höhe, sie wälzten sich vor und wieder zurück, schubsten sich, schrien sich an und reagierten auf alles mit hemmungslosem Gelächter. Sie umringten den Sterngucker und machten sich über ihn lustig. Sie rissen Witze und schlugen sich ausgelassen auf den Rücken. Sie krümmten sich vor Lachen wie Besoffene. Einer wollte alle übertrumpfen und sagte: „Also gut, zeig uns deine Sterne!"

Er trat ans Stativ, beugte sich über das Teleskop, tat so, als stolpere er und warf Teleskop und Stativ um – zur unmäßigen Belustigung der andern.

Einen Augenblick lang war Max wie erstarrt. Er bewegte die Lippen, aber es dauerte eine Weile, bis die Worte, die er über die trockenen Lippen brachte, verständlich wurden. Er begann zu schreien: „Rowdies! Banditen! Dafür werdet ihr mir zahlen! Hilfe! Hilfe!"

Ein jugendlicher Randalierer brachte ihn rasch mit einem Druck auf die Gurgel zum Verstummen. Ein anderer packte das Stativ und schlug es dem Sterngucker mit Wucht auf den Schädel. Er versäumte es auch nicht, den Schlag noch mit einem Witz zu unterstreichen. Der erwartete Beifall der andern blieb allerdings aus. Kaum sahen sie den Sterngucker auf dem Boden liegen, rannten alle wie um ihr Leben.

Menachem, der mir die Geschichte am nächsten Morgen erzählte, hörte die Hilferufe und lief vom Kiosk herbei, als der Schlag Max traf und ihn bewußtlos zu Boden streckte.

Mit einer schweren Gehirnerschütterung lag Max Himmelfarb wochenlang in einem Krankenhaus, doch der Schlag des jungen Grobians erwies sich insgeheim als Segen. Max war überzeugt, daß dieser Schlag jenen anderen rückgängig machte, den ihm der SS-Mann mit dem Buch versetzt hatte.

Hinterher versuchte er die merkwürdigen Dinge zu beschreiben, die er während seines Krankenhausaufenthalts an sich beobachtete.

„Mutter liebte Katzen", erzählte er mir. „Wir hatten deshalb immer ein paar Katzen mit Jungen im Haus. Mir ging es genauso, wie wenn sie Mutters Nähkorb umwarfen und die Nadeln, Stecknadeln, Wollknäuel und Garnrollen fielen heraus und verhedderten sich hoffnungslos."

Was gestern war, lag plötzlich zuunterst, und die Ereignisse, die Jahre zurücklagen, kamen in seinem Bewußtsein zuoberst. Was er erlebt hatte, vermischte sich mit Dingen, die er nur geträumt oder gelesen hatte, überdeckte sich mit anderem, was er nur vom Hörensagen kannte oder sich auch vielleicht nur eingebildet hatte, und alles war sich gleich: Es gab keinen Unterschied zwischen Tatsache und Traum, Wissen und Fantasie, heute und gestern. Da gab es Dinge, die der Wind unwiderruflich wegzublasen schien. Anderes, an das er seit seiner Kindheit nicht mehr gedacht hatte, durchlebte er noch einmal neu. Bei wieder anderem konnte er sich gar nicht erinnern, es überhaupt je gewußt zu haben, und auf einmal war es ihm sonnenklar.

„Dann habe ich Mutter gesehen“, sagte er. „Sie hat mir zugelächelt und mir gesagt: Gut. Jetzt bringen wir endlich alles so in Ordnung, wie es sein sollte.“

Als Kinder saßen sie mit der Mutter auf dem Boden, um die einfachen Knöpfe, die Perlmuttknöpfe, Metall- und Hirschhornknöpfe auszusortieren und je in ein anderes Kästchen zu tun. Sie legten die Nadeln zusammen und die Stecknadeln für sich gesondert und entwirrten die Wollknäuel und rollten den Zwirn wieder auf die Spulen. Bis wieder alles ordentlich am richtigen Platz war. Dieses eine Mal aber mußte die Mutter fort, irgendwohin, und er war allein, und so ganz allein fiel ihm alles gar nicht so leicht, und er brauchte mehrere Tage und Nächte, um es zu schaffen.

Er lag in einem tiefen Nebel und träumte, er ordne die Register seines Gedächtnisses, dessen Karten der Wind durcheinandergeweht hatte. Er legte eine über die andere wie damals, als er Kartenhäuser gebaut hatte, die jedesmal in sich zusammenstürzten, so daß er immer wieder von neuem anfangen mußte. Aber diesmal baute er keine Häuser, sondern Treppen, um höher und höher zu steigen. Wann immer er eine Treppe vollendet hatte und sie hinaufsteigen wollte, um noch höher hinaus zu bauen, fielen unter ihm die Stufen zusammen, und er stürzte mit ihnen nach unten, und dann saß er wieder einmal da vor dem gleichen Gewirr von Fäden und Schnüren, das weder Anfang noch Ende zu haben schien.

Vor den Toren der Gaskammer spielte König David auf seiner Harfe aus Menschenknochen, und der Jongleur Adam Wahn schleuderte farbige Billardkugeln gegen den Himmel, der in Stücke sprang wie ein Fenster, das von einem Stein getroffen wird, und an Stelle der Sterne saßen regungslos Kröten im Himmel.

Solche und andere Bilder schossen tage- und nächtelang an seinem Auge vorbei, und aus der Erinnerung trieb vieles vorüber wie Laub, das herbstlich von den Bäumen fällt. Manchmal schien er zwischen den Blättern zu liegen, unter bröselnden Erdklumpen wie in einem Grab. Dann wieder ruhte er anscheinend auf einem weichen Bett, und es gab auch Augenblicke, wenn er wie ein kleiner Junge durch das gefallene Laub trat und wie verzückt war vom raschelnden Echo seiner vorsichtigen Schritte auf den Novemberwegen.

Danach begann sich alles wie von selbst zu regeln. Das Fieber ließ nach. Trotzdem mußte er sich noch behutsam durch den Dschungel vorantasten, behutsam die Wüste durchqueren, weiß Gott wie viele Klippen mit größter Vorsicht umschiffen. Er wußte nicht mehr, wieviele Flüsse noch zugefroren, wieviele Felder verschneit waren, wieviele Täler der Nebel verbarg, wieviel Asche noch bestattet werden mußte, wieviele Steine und Teilchen sich aus den Trümmern zusammensuchen ließen, damit Stein auf Stein, Eck auf Eck gesetzt werden konnten und alles wieder ein vollständiges Ganzes bildete. Er wußte nur eines – in jenen Tagen und Nächten düsterer Hilflosigkeit war er damit beschäftigt, so etwas wie einen zersprungenen Spiegel neu zusammenzufügen. Doch woher all das Silber für die Beschichtung kam, die das Licht und die Strahlen absorbieren sollte, das wußte er nicht, bis er sich selbst im Spiegel erkannte.

Er sah nicht alles gleich auf einen Blick. Seine wiederbelebten Sinne arbeiteten lange Zeit wie eine Filmkamera, die ein Gesicht nach dem anderen abfährt, jeweils nur eine einzelne Szene erfaßt, und es dauerte, bis die Kamera einen größeren Ausschnitt aufnahm. Dennoch wurde er selbstbewußter und gewiß, daß sein Gedächtnis eines Tages wieder heil sein würde. Er würde von neuem drin blättern, ihm Aufzeichnungen entnehmen und sie lesen können und dann zum erstenmal wirklich begreifen, was die Karten bedeuteten, und darin bestand der wesentliche Unterschied gegenüber den Stunden seiner Hilflosigkeit, aber auch gegenüber den vielen vorhergehenden Jahren.

Und so habe ich Max Himmelfarb wiedergefunden. Es war, als ob er nach langem Herumwandern in einem dunklen Wald eine Lichtung erreicht hätte, von wo aus er vor sich eine sonnenüberflutete Landschaft ausgebreitet sah. Bei so klarem Verstand hatte ich ihn noch nie erlebt. Die Arbeit, die er sich während der Wochen im Krankenhaus ausgedacht hatte, als er nach einem Weg aus dem Labyrinth suchte, machte ihn glücklich. Er wollte Touristenführer werden. Er glaubte, wieder nützlich werden zu können und schien mit allem und jedem, sogar mit sich selbst in Frieden zu leben. Und doch: Wenngleich er nie ein Zeichen von Angst zeigte und sich düstere Gedanken nie anmerken ließ, kannte ich ihn zu gut, um nicht zu ahnen, daß sein Himmel noch umwölkt war.

# 13

Wolken können die Sonne verdecken. Manchmal verstecken sie sich aber auch hinter ihr. Max Himmelfarb verbarg seine düsteren Gedanken jahrelang. Selbst ich, der ich mir sicher war, daß es sie gab in den Tiefen seines Bewußtseins, konnte hinter der ruhigen, beherrschten Fassade seiner Miene nicht eine Spur von ihnen entdecken – so gut gelang es ihm, sie zu verheimlichen. In unseren täglichen Diskussionen kamen sie selbstverständlich nie zur Sprache.

Hier muß ich einfügen, daß ich meine Gabe zu sehen, was anderen Menschen verborgen blieb, nach meiner Ankunft in Jerusalem verloren hatte. Als ob sie nicht mehr notwendig wäre. Hier doch nicht. Und daher war ich unschlüssig, ob ich sie akzeptieren oder mich ihr verweigern sollte, als sie sich dann Jahre später, während der angespannten, angsterfüllten Wochen vor dem Sechstagekrieg im Juni 1967 von neuem bemerkbar machte.

Eines Nachts war mir, als ob ich mich in die Lüfte erhöbe und über die Stadt hinwegschwebte, als ob unsichtbare Flügel mich zum Fenstersims von Max Himmelfarbs Zimmer in dem alten Gebäude an der Nebenstraße der Jaffa Road trügen.

Ich sah ihn am Tisch sitzen. Er las Zeitung. Nach der Lektüre zog er sich aus, faltete sie Hose behutsam über den Stuhlrücken, drehte das Licht ab und legte sich aufs Bett. Er blickte zur dunklen Zimmerdecke und sprach mit sich selbst. „Es wird Krieg geben", hörte ich ihn sagen. „Bald wird Krieg herrschen. Zunächst werden die Politiker bellen, dann die Maschinengewehre. Zuerst wird mit Worten geschossen, dann fallen Bomben."

Er schwieg, wie in Erwartung einer Antwort, und fuhr bald darauf fort: „Es *wird* Krieg geben. Erdklumpen werden auf Särge herabprasseln. Mütter werden ohne Söhne sein, Kinder ohne Väter, Frauen ohne Männer zurückbleiben. Viele werden aufwachen ohne ein Dach über dem Kopf. Menschen werden erblinden und zu Krüppeln, und Angst wird alles ersticken – wie Nebel im Tal wird sie hochkriechen. Blut wird von den Hängen herunterrieseln und im Wüstensand versickern. Ausgetrocknete Flußbette werden überströmen mit Tränen, und das Land wird widerhallen vom Stöhnen und Klagen der Menschen. Aber ändern wird sich nichts. Die Erde wird sich um die Sonne drehen wie eh und je, wie nach allen Kriegen werden der Mond und die Sterne in ihren Bahnen bleiben, so wie in der Maschinerie, die die Welt in Gang hält, nie ein Rädchen auch nur einen Millimeter breit nachgegeben hat, nicht einmal dann, wenn die Gräber der Gefallenen und Toten bis zum Himmel reichten."

Da begriff ich, daß Max kein Selbstgespräch führte, sondern mit dem Einen sprach, der die Ordnung der

Welt geschaffen hatte, der verantwortlich war, das Uhrwerk in Gang gesetzt zu haben, daß es nie ende, daß ein Rädchen ins andere greife und alle in der vorgeschriebenen Geschwindigkeit in vorgeschriebenen Bahnen kreisen, und ohne Weisung von Ihm dort oben würde nichts in der Welt daran etwas ändern.

„Es wird Krieg geben", hörte ich Max wiederholen, und ich sah, wie er mit seinem Blick die Decke zu durchbohren suchte. „Und dieser Krieg wird sein wie alle Kriege, und durch den sternenbesetzten Schirm wirst Du herunterschauen auf das, was sich da abspielt, und nichts tun, wie immer. Keinen Finger wirst Du rühren. Du bist nämlich genauso wie Adam Wahn. Wie der Jongleur Wahn – nur noch schlimmer."

In vielen Nächten sprach Max Himmelfarb auf diese Weise mit dem Einen, der das Universum in seiner Ordnung geschaffen hat und in Gang hält, Dem es jedoch wichtiger schien, das Uhrwerk in Bewegung zu halten als die Menschen zu hindern, sich umzubringen, und den Blutstrom einzudämmen, der durch die Blumenpracht der Hügel von den Abhängen herunterstürzt.

„Wie Adam Wahn bist du. Schlimmer. Schlimmer!" sagte er immer wieder. Er fluchte, er klagte. Die Nacht war schwärzer als ein finsterer Wald, durch den kein Laut dringt.

Ich blieb auf dem Sims, bis ich merkte, daß er eingeschlafen war und konnte in jener Nacht selbst kaum Schlaf finden. Im Unterschied zu Max hatte ich Adam Wahn nie als böse empfunden. Einerseits glaubte ich nicht, daß man über einen anderen Menschen urteilen kann, weil man nicht in seinen Schuhen steckt. Außerdem hatte ich nicht vergessen, wie wichtig *allen* von uns damals das Überleben gewesen war. Es wollten doch beinahe alle am Leben bleiben; die Menschen, denen dieser Wille abging, starben wie die Fliegen.

Damals sagten sich manche, sie könnten überhaupt erst begreifen, was sie wirklich verloren hätten, und dabei dachten sie keineswegs an Perserteppiche und Pelzmäntel oder die Karriereleiter, die sie zu erklimmen gehofft hatten, auch nicht an den Ruhm, der ihnen versagt geblieben war – sie dachten vielmehr an den Duft einer jeden Rose, den sie nicht bis zur Neige eingesogen hatten, an jedes Rauschen der Bäume, dem sie nicht andachtsvoll gelauscht hatten. Jetzt, so seufzten sie, jetzt hätten sie verstanden, was Leben bedeutet.

Andere nannten keinen Grund, warum sie weiterleben wollten. Vielleicht hatten sie einfach einen starken Überlebenstrieb, möglicherweise waren sie auch zu vorsichtig oder zu gewitzt, um anderen anzuvertrauen, was sie mit ihrem Leben anfangen würden, falls sie davonkämen. Unter den vielen Tausenden von KZ-Häftlingen, denen ich begegnet bin, gab es aber nur zwei Menschen, die kein Hehl daraus machten, daß ihr Lebensdurst nur durch Rache gestillt werden könnte. Und eine Zeitlang war ich der Überzeugung gewesen, das gälte auch für Adam Wahn.

Menschen, die so wie ich in erster Linie überleben wollten, um Zeugnis abzulegen, gab es hingegen in großer Zahl. Wir hatten jahrelang um uns her solch unbeschreibliche Grausamkeiten, solche unmenschlichen Greuel, so unvorstellbar Böses miterlebt und befürchteten, daß man es einfach nicht glauben würde. Wir mußten etwas tun, damit die Wahrheit ans Licht kam. Das war unsere Pflicht, unsere einzige Aufgabe: es den *anderen* mitzuteilen, es zu bezeugen, Anklage zu erheben. Damals wußte ich bereits, daß ich nie wieder als Richter amtieren würde, aber Zeuge *wollte* ich sein, und daß ich einst Richter gewesen war, könnte mich als Zeuge vielleicht einmal glaubwürdiger erscheinen lassen.

Zeugnis abzulegen, dagegen anzugehen, daß es in Vergessenheit geriete – das war unsere Pflicht. Uns lag nichts an Bestrafung; auf Auge um Auge, Zahn um Zahn bis ins vierte Glied kam es uns nicht an. Auch um Sünde und Vergebung ging es uns nicht. Welches Gericht könnte angesichts all der abgründigen Verbrechen überhaupt Recht sprechen? Welche Art von Strafe hätte denn auch nur im entferntesten angemessen wirken können? Und wer dürfte das, was alle menschliche Vernunft übersteigt, vergeben oder aber zu vergeben sich weigern? Uns kam es nur darauf an, daß die Welt nicht vergißt, Zeugen wollten wir sein, und dieses Wollen hielt uns eigentlich am Leben.

Keiner von uns aber hat einen vollständigen Bericht geliefert. Die Last wog so schwer, daß ein jeder bloß ein Körnchen zu tragen vermochte. Und wenngleich wir unendlich ausdauernd waren, von der Ausdauer eines Ameisenheers – was wir zusammenzutragen vermochten von dem, was uns nicht als unerträglich von den Schultern glitt oder unterwegs verlorenging, war statt eines gewaltigen Bergs ein Häuflein. Und wann immer ich an das denken mußte, was längst unter einer tiefen Schicht des Vergessens lag, kam mir Adam Wahn in den Sinn.

Vier waren wir gewesen. Einer von uns, der arme

Zwerg mit dem lächerlichen Namen Leo Riesenberg wurde wie eine Nuß zwischen den Greifern eines Knakkers zu Tode zerdrückt. Max Himmelfarb und ich haben uns in Jerusalem wiedergefunden; wir treffen uns Tag für Tag, doch von den Ereignissen am Hofe des Sturmbannführers Kohl haben wir zwei praktisch nie gesprochen, und falls einer von uns beiden etwas aus jener Zeit in Erinnerung rief, so nichts von den Greueln, sondern etwas, was uns zum Lachen brachte. Max erzählte anderen Menschen gegenüber schon mal von den alten Zeiten, ich aber haderte noch immer mit Gott, ohne mit irgendeinem Menschen darüber reden zu können, weil ich nicht wußte, wie ich es ihnen hätte erklären sollen. Es war der einzige Rechtsfall, der mich noch interessierte, aber es war unklar, ob mir in diesem Fall die Rolle des Anklägers oder des Zeugen zukam. Außerdem hatte es in diesem Fall seit Jahren keine Fortschritte gegeben.

So viel zu drei Hofnarren vom Quartett des KZ-Kommandanten Kohl. Der vierte, der Jongleur Adam Wahn, war spurlos verschwunden. Er war uns auf unserer gemeinsamen Ausreise aus der Hölle aus den Augen geraten. Seither war es Max und mir nicht gelungen, von ihm auch nur eine Spur zu entdecken. Anfangs haben wir häufig von ihm gesprochen, bald nur noch gelegentlich, bis wir schließlich jede Hoffnung auf ein Wiedersehen aufgaben. Daß wir seinen Namen nicht mehr erwähnten, hieß aber keinesfalls, daß sein rätselhaftes Verschwinden uns Ruhe gelassen hätte. Auch nicht, daß wir den Wunsch aufgegeben hätten, das Rätsel zu lösen. Aber unsere Hoffnung war nicht größer als die Hoffnung, im Ozean einen ganz bestimmten Fisch zu finden.

# 14

In den angespannten Wochen vor dem Sechstagekrieg, wie er dann später genannt werden sollte, befand Max Himmelfarb sich in einem Zustand permanenter Erregung. Er machte mir Sorgen; er mochte ja wieder bei klarem Verstand sein, ich wußte allerdings auch, wie viel Schrecken und Leid er durchstehen mußte, bevor er einen so hohen Grad geistiger Wachheit erreichte. Ich wurde nie die Angst los, daß er unter der Anstrengung innerlich zerbrechen könnte.

Nach den ruhmvollen sechs Tagen, als wir uns alle miteinander in einem Siegestaumel befanden, wurde es nur noch schlimmer. Max tauchte zu unseren abendlichen Treffen bei Menachems Kiosk mit den verrücktesten Geschichten auf. An und für sich handelte es sich da um schöne Geschichten, doch sie hatten etwas an sich wie starker Wein, den man besser in kleinen Schlucken genießen sollte.

In allen Geschichten spürte ich ein gefährliches Moment, weil ich sie nicht einordnen konnte und sie mir sämtlich irgendwie irreal vorkamen. Max schien sich auf einer so schmalen Brücke zwischen Wirklichkeit und traumatisierter Fantasie zu bewegen, daß er von Augenblick zu Augenblick den Halt verlieren und ins Nichts stürzen könnte.

So berichtete er beispielsweise eines Abends ganz aufgeregt vom Wiedersehen mit einem Mann auf der Jaffa Street, dem er über zwanzig Jahre nicht mehr begegnet war. Zur Erklärung muß ich hinzufügen, daß dergleichen in Jerusalem ganz ungewöhnlich ist, weil man hier nie lang nach jemand zu suchen braucht – man muß, wenn man jemand treffen möchte, nur mehrmals das Dreieck von Jaffa-, King-George- und Ben-Yehuda-Street durchqueren, und wenn man den Gesuchten dann nicht findet, so stimmt etwas nicht. Falls man ihn jahrelang nicht sieht, ist er entweder gestorben oder außer Landes gezogen. Trifft man also einen Menschen nach vielen Jahren wieder, so müßte das bedeuten, daß er von einem längeren Auslandsaufenthalt oder aber von den Toten zurückgekehrt ist. Der Mann, dem Max wiederbegegnet war, aber hatte eine ganz besondere Geschichte. (Als ob, wie Menachem Salz zu sagen pflegt, in dieser Stadt ein Mensch lebte, der *nicht* eine ganz besondere Geschichte hätte.)

Dieser Mann war zwanzig Jahre zuvor Hausmeister an einer der vielen Synagogen in der Altstadt gewesen. Vermutlich wäre er Max nie aufgefallen – solche Hausmeister gab es in Jerusalem zuhauf –, wenn er nicht eine Verfügung der britischen Mandatsregierung übertreten hätte. Die Briten behaupteten, auf die Araber müsse das Blasen des Schofar wie ein Signal für einen bevorstehenden jüdischen Angriff wirken oder sie könnten es als Vorwand für einen Aufstand nützen, und deshalb war das Blasen des Schofar an jüdischen Feiertagen untersagt. Dieser Hausmeister aber ging Jahr für Jahr am Yom-Kippur-Tag zur Westmauer, um das Schofar zu blasen.

Als die Juden während des Unabhängigkeitskrieges 1948 vor den Horden plündernder Araber flüchten und ihre Wohnungen und Häuser in der Altstadt aufgeben mußten, schloß der Hausmeister die Tür seiner Synagoge ab, und die einzigen Dinge, die er mitnahm, waren das in ein Gebetstuch gewickelte Schofar und dieser große Schlüssel, den er Tag und Nacht an einer Schnur am Halse trug. Seine Wohnung in Mea Shearim hatte er danach zwanzig Jahre nicht mehr verlassen – abgesehen vom Besuch des Gebetshauses gleich nebenan. Sein erster Ausgang galt der Altstadt, doch wo früher die Synagoge gestanden hatte, stieß er auf einen Trümmerhaufen. Einen Schlüssel hatte er, doch es gab kein Tor, das er hätte aufschließen können. Also beschloß er, daß ein Tor mit einem Schloß gebaut werden mußte, in das der Schlüssel paßte.

Als an besagtem Tage nun der Hausmeister Max wieder begegnete, berichtete er ihm hocherfreut, das Tor stehe wieder an seinem Platz. Er öffnete das Tor mit dem großen Schlüssel, den er zwanzig Jahre lang um den Hals getragen hatte, und schloß gleich wieder ab, weil das Tor nirgendwohin führte. Er hatte Schlüssel und Tor, jetzt brauchte er nur noch eine Synagoge. „Die werden wir auch noch bauen“, rief er zum Abschied Max zu. „Mit Gottes Hilfe werden wir sie errichten. Von den alten Steinen lassen sich noch ein paar verwenden.“

„Stellt euch das vor!“ Max konnte sich gar nicht mehr beruhigen. „Stellt euch das einmal vor! Ein Schlüssel ohne Tür! Ein Tor ohne Haus! Habt ihr so etwas schon gehört?“ Er konnte gar nicht wieder davon aufhören. Menachem Salz zuckte nur mit den Schultern, und mich beschäftigte weniger die geheime Bedeutung dieser Geschichte als die heikle geistige Verfassung, in der Max sich offensichtlich befand.

Ein andermal traf er geraume Zeit später als üblich beim Kiosk ein – Menachems Tee war längst kalt geworden, das rosa Perlmutt schon auf den Horizont herabgeglitten, und der Himmel hatte sich hahnenkammrot verfärbt. Er erklärte uns den Grund für die Verspätung. Er hatte sich nicht von einer Menschengruppe um zwei Männer losreißen können, die sich darüber stritten, ob archäologische Grabungen durchgeführt werden sollten oder nicht, um zu entdecken, welche Überreste seit Jahrhunderten unter der Stadt begraben liegen, ohne daß sie uns bekannt sind, und falls wir von ihnen schon wissen sollten, um genauestens zu beweisen, daß alles genau dem entspricht, wie es geschrieben steht.

„Dort unten, tief unter der Stadt, liegt eine weitere Stadt, und unter ihr noch eine und noch tiefer wieder eine, und darauf gründen sich unser Ruhm und unser Anspruch“, sagte der eine. „Ohne das sind wir nichts. Ohne das ist Jerusalem eine Stadt wie andere Städte.“

„Ruhm? Anspruch?“ fragte der andere. „Was soll das? Unter anderen Städten liegen ebenfalls zahlreiche antike Stätten. Sie sind gefallen, eine nach der anderen. *Ein* Haufen Schutt und Asche bedeutet nicht mehr als ein anderer. Die Zeit begräbt alle Ruinen, über allen wachsen neue Städte empor. Doch nur über uns, über Jerusalem steht das himmlische Jerusalem. die einzige Stadt, die nie abbrennen wird, die von Kanonen nicht zerstört werden kann."

„Unsinn!" Der erste wischte die Argumente vom Tisch. „Was unter uns ist, was vor unseren Augen liegt, kann man sehen. Man kann es ausgraben. Man kann die Treppen berühren, auf denen Herodes schritt. Den Stein, auf dem möglicherweise König David schrieb, kann man mit Händen fassen. Aber hast du das Jerusalem, das unserer harrt, je gesehen?"

„Wir sind blind. Darum können wir es nicht sehen. Blind sind wir, wie die frischgeborenen Welpen, die sich nach der Muttermilch strecken. Sonst müßten sie sterben. Und genausowenig könnten wir ohne das himmlische Jerusalem leben. Am Ende werden uns die Augen geöffnet, damit wir sehen. Und dann wirst auch du erkennen, daß unser Ruhm dort oben ist und nicht etwa unter den Steinen, über die wir hinweggehen."

Und so argumentierten sie mitten auf der Straße, und Max fühlte sich zum einen, dann wieder zum anderen hingezogen und wollte wissen, was wir von der Sache hielten. Menachem Salz antwortete mit einem Achselzucken, und ich zog es wieder einmal vor, mich nicht zu entscheiden.

Max kam mit immer neuen Geschichten solcher Art. Sie müssen zu Tausenden in der Luft gelegen haben, und er schien sie aufzufangen und uns mitzubringen, so wie ein Vogel Insekten schnappt und ins Nest trägt. Menachem gab mir jedesmal zu verstehen, ihm wäre, als ob er ein Gläschen zu viel getrunken hätte. Ich verschwieg, daß mir mit einer jeden neuen Geschichte bänger ums Herz wurde, daß ich mich um Max und seine seelische Verfassung sorgte. Ich fürchtete, der Bogen sei bald überspannt.

Ich hatte mich geirrt. Meine Befürchtungen waren grundlos gewesen. Er brach nicht zusammen, und ich war schließlich überzeugt, daß Max Himmelfarb zwar leicht erregbar, aber inzwischen ein ausgeglichener Mensch war – viel gesünder, als wir es waren. Ich war es, der aufgrund einer Geschichte, die Max uns mitteilte, die Fassung verlor.

„Du wirst nie glauben, was mir heute passiert ist“, begann Max, noch bevor wir uns gesetzt hatten, und er begleitete jedes Wort mit einer lebhaften Geste. „Du wirst es mir einfach nicht glauben. Ich komme mit einer amerikanischen Touristengruppe zur Klagemauer und erzähle ihnen das übliche. Als ich auf das zerstörte alte jüdische Viertel zeige, tritt urplötzlich ein Mann auf mich zu, ein Mann im karierten Hemd mit schreiend bunten Farben und mit einer Mütze auf dem Schädel, wie sie bei uns früher nur Jockeys getragen haben, und einen Haufen Kameras hat er um den Hals hängen, und der Mann ergreift meine Hand, sieht sich die Nummer auf meinem Arm an und sagt: Das ist vielleicht komisch. Gestern bin ich dem Mann mit der nächst höheren Nummer auf dem Arm begegnet. Das ist völlig unmöglich, sage ich ihm. Wieso? Ich hab die Zahl doch mit meinen eigenen Augen gesehen, so wie bei Ihnen jetzt auch. Sie hatte nur zum Schluß statt der sechs eine sieben. Sie müssen sich irren, sage ich. Zufälligerweise kenne ich nämlich den, der nach mir die nächst höhere

Nummer auf dem Arm hat, und wo der heute lebt, weiß Gott allein – nur in Jerusalem lebt er bestimmt nicht. Da ist der Mann beinahe rot geworden vor Wut. Was soll das heißen? hat er mich gefragt. Benny Levy irrt sich nie. Darauf können Sie sich verlassen. Sehen Sie – und dann faßte er sich an die Stirn – da oben hat Benny Levy einen Computer.

„Da habe ich natürlich nur die Schultern zucken können. Um aber ganz sicherzugehen, habe ich mich doch erkundigt, wo er dem Mann mit der nach mir nächsthöheren Nummer eigentlich begegnet wäre, und als er darauf erwiderte, in Mea Shearim, war mir klar, das war blanker Unsinn. *Dort* zu leben wäre Adam Wahn wirklich nie in den Sinn gekommen. Trotzdem muß ich zugeben: Der Mann hat mich völlig aus der Fassung gebracht. Ich habe mich noch immer nicht beruhigt. Hältst du das für möglich? Über dreißig Jahre haben wir nach ihm gesucht und von ihm nicht die kleinste Spur gefunden, als hätte die Erde ihn verschlungen. Und plötzlich kommt ein Wildfremder daher und behauptet, er habe ihn gesehen, gestern erst, und zwar ganz in der Nähe. Ich bin so leicht nicht aus der Ruhe zu bringen, aber so was kann doch den Stärksten aus der Fassung bringen."

Max Himmelfarb gewann die Fassung sofort wieder zurück. Ich aber konnte die Geschichte einfach nicht mehr vergessen. Gewiß, ich hatte Mühe, mir Adam Wahn im religiös orthodoxesten Stadtteil von Jerusalem als Einwohner vorzustellen. Anderseits, so sagte ich mir, weiß Gott allein, was mit einem Menschen nach dreißig Jahren passieren kann, besonders wenn er so viel durchgemacht hat wie Adam Wahn. Mit dem Alter ist überhaupt meine hellseherische Fähigkeit schwächer geworden – und im Fall Adam Wahns ist sie gänzlich versiegt –, und seither glaube ich immer mehr an den sogenannten Zufall. Kurzum, diese Geschichte wollte mir einfach nicht aus dem Kopf, und deshalb begann ich heimlich in Mea Shearim herumzuschleichen.

Dieser Stadtteil ist zwar erst vor rund hundert Jahren gebaut worden, trotzdem habe ich dort immer den Eindruck, durchs Mittelalter zu wandern. Dort wohnen nur Menschen, die sämtliche sechshundertunddreizehn Gebote Gottes auf den Buchstaben genau befolgen. Wie ihre Ahnen im Ghetto, vor Hunderten von Jahren, gehen sie in schwarzen Kaftanen und tragen sie pelzbesetzte Hüte, und dementsprechend leben sie auch. Anders *konnte* dort niemand leben – doch mir Adam Wahn in solchem Milieu vorzustellen, dazu fehlte mir die Phantasie.

Doch wann immer ich in den nächsten Wochen in die nähere Umgebung kam, begab ich mich in diese geheimnisvolle, irgendwie faszinierende Welt. Ich ließ mich in Gespräche ein mit Menschen, die wie von einem anderen Planeten zu kommen schienen. Ich habe mich bei allen nach Adam Wahn erkundigt, keiner kannte ihn, keiner hatte je seinen Namen gehört.

Daß Max Himmelfarb seine freie Zeit in jenen Tagen genauso heimlich wie ich mit der gleichen Suche verbrachte, erfuhr ich erst später. Auch er blieb ohne Erfolg. Ohne zu wissen, was der andere tat, gaben wir beide etwa zur gleichen Zeit auf und gewöhnten uns an die Vorstellung, daß Benny Levys Computer sich gelegentlich doch irren konnte.

Das Rätsel unseres vermißten Jongleurs ließ mir aber keine Ruh. Nur von dreien der vier Hofnarren des Sturmbannführers Kohl war mir das weitere Schicksal bekannt. Das war unvollständig. Es kam mir wie in einem Konzert vor, wenn in einer Symphonie plötzlich die Celli, Hörner oder Flöten ausfallen. In meiner Amtszeit als Richter, aber auch nachher, habe ich immer Wert darauf gelegt, daß Dinge ihre Ordnung haben. Vielleicht bin ich sogar ein wenig pedantisch gewesen. Ich hatte es immer gern, wenn beim Abschluß eines Prozesses alle Detailergebnisse der Untersuchung sich ineinanderfügten wie ein kunstvoll geformtes Mosaik, in dem jedes Steinchen seinen Platz hat. Lose Enden mochte ich nicht. Zuguterletzt sollten alle Fäden zusammengeknüpft und aufgerollt sein zu einem Ballen, einer Kugel. Sie entsprach dem Bild, das ich mir vom Ende eines Prozesses machte, der die Welt wieder ins Lot brachte. Wie die Billardbälle des Jongleurs Wahn – er warf sie hoch, ließ sie ihre Bahnen ziehen und fing sie in seiner Hand wieder ein. Es war unvorstellbar, daß einer von ihnen aus der Bahn geraten und verloren gehen könnte, vergessen worden wäre. Gegen eine solche Vorstellung konnte ich mich nur wehren.

Und noch etwas konnte ich nicht vergessen. Alles, was wir dem Vergessen entrissen hatten, war hier, war in dieser Stadt, die eine Schicht höher lag als die Asche jener sechs Millionen. Deshalb war ich überzeugt: Falls ich über das Schicksal des letzten Hofnarren von Kohl irgendetwas herausfinden könnte, dann nur hier in Jerusalem.

Nach Mea Shearim sind wir nicht mehr gegangen.

Doch seit Max Begegnung mit Benny Levy haben wir über Adam Wahn viel häufiger gesprochen.

„Und was, wenn er gerade jetzt vorbeiginge, stehenbliebe und sich erkundigen würde, wies euch geht?" fragte Menachem Salz uns eines Abends plötzlich. „Würde es euch überraschen?" Er fragte das wohl einfach nur so, weil unsere Unterhaltung ins Stocken geraten war, um eine Pause zu überbrücken, ohne eigentlich eine Antwort zu erwarten. Aber Max ließ Fragen möglichst nie unbeantwortet im Raume stehen.

„Eigentlich nicht", erwiderte er.

„Was willst du damit sagen?" Dafür war er mir eine Erklärung schuldig.

Und Max sagte: „Hier in Jerusalem? Hier ist doch alles möglich."

Da konnte ich ihm nur zustimmen.

# 15

Am Tage darauf wurden die Menschen in Jerusalem aufs heftigste an die Dinge erinnert, die dort nur allzu möglich sind.

Es war ein Donnerstag, der Tag, an dem jeder bemüht ist, noch alles einzukaufen, was bis zum Ende der Woche gebraucht wird, weil Freitagmittag die Läden schließen und man am Sabbath nicht kocht. Das Essen für den Sabbath muß freitags vorbereitet werden, und die guten Hausfrauen besorgen ihre Einkäufe, wenn es eben geht, schon donnerstags. An diesem Tage war der Markt in Machane Yehuda also dichtgedrängt mit Käufern, hauptsächlich Frauen und alten Männern, die Familieneinkäufe tätigten, während die jüngeren Menschen noch am Arbeitsplatz waren. An den Ständen bildeten sich Grüppchen, und in den engen Marktgassen flutete der Verkehr auf und ab. Man verglich Preise, suchte das beste Obst, das beste Gemüse zu finden und feilschte mit den Händlern, die lauthals ihre Ware anpriesen und gleichzeitig die Waage im Auge behielten. Überall ging es darum, das Beste billigst zu bekommen.

Dieses ganze geschäftige Treiben ging plötzlich unter

im Krachen einer Explosion. Einer Bruchsekunde angespannter Stille folgten panische Schreie, Stöhnen und Weinen. Polizei, Ambulanzen und Journalisten waren bewundernswert rasch zur Stelle. Es dauerte nur Minuten, bis die Nachricht über die Bluternte des jüngsten Terroranschlags übers Radio kam: drei Tote und vierzehn Verletzte.

Es war nicht das erstemal und würde, wie jedermann annahm, auch nicht das letztemal sein, daß so etwas geschah. Wir hatten uns an derlei gewöhnt und damit zu leben gelernt. Die Behörden würden auf die übliche Weise ein paar Stunden abwarten, bevor sie die Namen der Verletzten bekanntgäben, und jeder suchte sich zu vergewissern, daß sich unter ihnen kein Angehöriger befand. Innerhalb dieser wenigen Stunden normalisierte sich bereits alles wieder. Motoren und Sägen und Bohrer sprangen wieder an, wie immer, und gleich neben dem Stand, den die Explosion zerstört hatte, riefen bald Straßenhändler, wie an jedem anderen Tag auch, die Preise der Waren aus, die sie mit dem Morgengrauen hergebracht hatten.

Wir hörten vor Menachems Kiosk die Nachrichten, als die Namen der drei Opfer gemeldet wurden, die ums Leben gekommen waren. Uns war nicht einer bekannt. Doch als ich am nächsten Morgen das Haus verließ, kam überraschend Max Himmelfarb um die Ecke und wedelte mit einer Zeitung.

„Hast du das gelesen?“ schrie er ganz aufgeregt, obwohl er wußte, daß ich das Zeitunglesen aufgegeben hatte und auch die Rundfunknachrichten nur noch einmal täglich hörte, nämlich am Abend vor Menachems

Kiosk. Max dagegen verfolgte die Nachrichten im Rundfunk stündlich, und bevor er morgens zur Arbeit ging, hatte er die Zeitung von vorne bis hinten gelesen. Nach der Bekanntgabe der Toten von gestern brachten die Morgenausgaben nun auch die Namen der Verletzten, und unter ihnen hatte er den Namen entdeckt, mit dem er jetzt zu mir gelaufen kam. Er blieb stehen und deutete mit seinem langen Zeigefinger auf eine bestimmte Zeile der Liste:

Wahn, Adam, Mea Shearim.

„Was sagst du nun?“ wollte er wissen. „Der Amerikaner mit dem eingebauten Computer hat also doch recht gehabt. In Mea Shearim kann niemand mit dem gleichen Namen und der nach mir nächsthöheren Nummer auf dem Arm leben, der nicht Adam Wahn ist – selbst wenn wir beide es für *unmöglich* hielten, ihn gerade dort zu finden.“

Auch der Zufall, ich mußte es zugeben, hat seine Grenzen. Außerdem konnten wir unsere Vermutung ja mühelos überprüfen, weil die Zeitung auch meldete, in welche Krankenhäuser die Verletzten eingeliefert worden waren.

Wahn? Adam Wahn? Ja, so hieße einer der Schwerverletzten. Ob wir Verwandte wären. Nein? Dann dürften sie uns leider Näheres nicht mitteilen. Besuche seien vorläufig aber sowieso nicht gestattet.

Während wir mit dem Türsteher und der jungen Schwester am Empfang weiterverhandelten, deren wohlentwickelter Busen die Liste der ins Krankenhaus eingelieferten Verletzten abdeckte, brach Max plötzlich mitten im Satz ab, packte mich am Ärmel und wies mit seinem spitzen Kinn in eine Ecke, wo ein Mann im Kaftan der Wand zugekehrt mit rhythmischen Gesten betete.

„Du erinnerst dich?" fragte mich Max. „Das ist der Mann, dem ich nach zwanzig Jahren wiederbegegnet bin. Du weißt doch – der mit dem Schlüssel ohne Tor, dem Tor ohne Gebäude. Das ist er. Seine Synagoge ist inzwischen bestimmt mindestens zur Hälfte wieder aufgebaut."

„Hast du mir nicht erzählt, er hätte während dieser zwanzig Jahre Mea Shearim nie verlassen?"

„Du lieber Gott, aber natürlich! Warum habe ich nicht früher daran gedacht!

Wir warteten, bis der Mann den Gürtel seines Kaftans lockerte – zum Zeichen dafür, daß er sein Gebet beendet hatte. Während des Betens muß ein frommer Mann den Teil, der himmelwärts strebt, von dem Teil trennen, der ihn mit den Tieren verbindet. Wir näherten uns, sobald er sich auf der Bank an der Wand niedergelassen hatte.

„Es tut mir leid, daß wir uns hier treffen müssen", sagte Max zur Begrüßung. „Ein Familienangehöriger? Doch nichts Schlimmes?"

Nein, kein Verwandter, aber ein guter Freund, der bei der Explosion gestern verletzt worden sei. Tatsächlich? Auch wir – und in dem Moment stellte mich Max vor – seien gekommen, um uns nach einem Freund zu erkundigen, dessen Namen wir am Morgen in der Verletztenliste entdeckt hätten. Ich fügte hinzu, daß wir während des Krieges in einem Konzentrationslager zusammengewesen wären, daß wir gemeinsam viel Schreckliches durchgestanden hätten und uns deshalb gern vergewissern möchten, daß sich unser Freund Wahn außer Lebensgefahr befände.

„Wahn? Haben Sie Wahn gesagt?“ wollte der Mann im Kaftan überrascht wissen. „Das ist der Freund, nach dem ich mich erkundigen will. Mir wird man wahrscheinlich auch nicht mehr mitteilen als Ihnen. Aber die werden mich kennenlernen. Ich werde erst gehen, nachdem man mich zu ihm gelassen hat.“

So große Zuversicht oder Ausdauer besaßen wir nicht. Wir gingen deshalb nach einer Weile. Max bat den Mann aus Mea Shearim, Wahn – falls er ihn sähe – zu berichten, daß Max Himmelfarb und Richter Kahana nach ihm gefragt hätten. Außerdem verabredeten wir uns, um von ihm zu erfahren, wann wir Wahn besuchen könnten.

An der Vorstellung, daß Geduld und Ausdauer der beste Nährboden des Erfolgs sind, muß etwas Wahres sein. Der Mann, der den Schlüssel zu seiner zerstörten Synagoge zwanzig Jahre lang um den Hals mit sich herumgetragen hatte, gelangte nämlich auch diesmal ans Ziel. Max begegnete ihm am nächsten Tag wieder, und da stellte sich heraus, daß es zwar unmöglich gewesen war, mit Wahn zu sprechen, der meist ohne Bewußtsein war, der Mann es jedoch geschafft hatte, mit dem behandelnden Arzt zu reden. Als der Arzt erfuhr, daß es Angehörige nicht gebe und daß der Mann im Kaftan Wahn von allen Menschen auf Erden am nächsten stünde, ließ er sich am Ende erweichen und setzte ihn über Wahns Befinden ins Bild.

Da wußten wir, daß ihm die Explosion den rechten Arm an der Schulter herausgerissen hatte. Und wenn sein ebenfalls schwerverletztes Bein vielleicht noch gerettet werden könnte, so würde er damit jedenfalls nie wieder gehen können, weil auch seine Wirbelsäule beschädigt worden war und seine untere Körperhälfte höchstwahrscheinlich für immer gelähmt bliebe. Falls es keine Komplikationen gäbe – und ganz dürfe man sie nie ausschließen –, würde Adam Wahn also ein weiteres Mal überleben, aber als Krüppel. Mit Besuchen müsse man noch ein paar Tage warten.

Das war die Nachricht, mit der Max nach Hause kam. Nach dreißigjähriger Suche hatten wir Wahn genau zu dem Zeitpunkt wiedergefunden, als er zum Dasein als Krüppel verurteilt wurde. Ein einarmiger Jongleur! Er würde seine Billardkugeln nie mehr hochwerfen und in in ihren Bahnen kreisen lassen können. Gewiß, den wenigen Informationen zufolge, die Max hatte sammeln können, hatte Wahn das Jonglieren offensichtlich seit langem aufgegeben und während der letzten drei Jahre bei dem alten Bekannten gewohnt. Der hatte ihm in seiner Wohnung in Mea Shearim ein Zimmer überlassen, wo er aber nur schlief – die meiste Zeit verbrachte er in einer nahegelegenen *yeshiva* mit Studieren. Seinen Lebensunterhalt verdiente er dadurch, daß er die *mikveh* reinigte und das Badewasser heißmachte. Die *mikveh* lag gleich neben der *yeshiva* und nur zwei Häuser von seinem Zimmer entfernt. Er verbrachte sein Leben also in einem Umfeld, das nicht weiter als ein Steinwurf reichte. Was Adam Wahn an jenem schicksalsträchtigen Tag bewegt hatte, Mea Shearim zu verlassen und den

Markt in Machane Yehuda aufzusuchen, blieb fürs erste ein Rätsel.

Auf die andere Frage, wo der amerikanische Tourist Adam Wahn gesehen hatte, fand Max die Antwort. Es gehörte zu Wahns Aufgaben, für das Heizen der *mikveh* von Zeit zu Zeit Holz zu hacken und an der Mauer ordentlich zu stapeln. Zu dieser Arbeit im Freien zog er seine Jacke aus und krempelte er sich die Ärmel hoch. Just in solchem Augenblick kam Benny Levy vorbei, der Mann mit dem eingebauten Computer, und aus Neugier verließ er seine Reisegruppe, um den Mann zu beobachten, der etwas ihm Ungewöhnliches tat, und so sah und merkte er sich die Ziffer auf dem Arme des Mannes.

Doch da gab es noch so viel, was wir gern über Adam Wahn erfahren hätten! Was hatte er durchmachen müssen – und was hatte er überhaupt seit unserer gemeinsamen Fahrt aus der Hölle getrieben? Wo war er während dieser drei Jahrzehnte gewesen? Was um alles in der Welt hatte ihn nach Mea Shearim geführt? Insbesondere aber suchte ich Antwort auf Fragen, die ich ihm früher nicht, jetzt, nach all den Jahren, aber stellen konnte: Was hatte ihn eigentlich, nachdem er alles verloren hatte, ans Leben gebunden? Aus welchem Motiv hatte er unbedingt am Leben bleiben wollen? Warum war das Überleben für ihn nicht bloß eine Wunschvorstellung, sondern geradezu ein Muß?

Wir mußten warten, bis die Ärzte Wahn Besuche gestatteten. Während dieser Wartezeit ging uns der Jongleur nicht mehr aus dem Sinn. Obwohl mein Glaube an Gott längst durchlöchert war, wie ein altes Sieb, fiel es mir nach wie vor schwer, alles für sinnlos zu halten.

Was für ein Sinn konnte jedoch darin bestehen, daß Adam Wahn all das durchgestanden hatte, um jetzt als Krüppel zu enden? Vorm Einschlafen rollte ich diese Frage wie einen Felsen bergauf, bis nach ganz oben, und jedesmal fand ich sie unten am Fuße wieder, ohne Antwort. Ein Schlüssel ohne Tor, ein Tor ohne Gebäude – in meinem Kopf geriet alles durcheinander. Trotz aller Anstrengungen konnte ich mich nicht überzeugen, daß es Zusammenhänge gab. Ein Tor, das mit einem Schlüssel geöffnet und wieder abgeschlossen werden kann, läßt sich bauen, auch ein Haus, in das die Menschen durchs Tor eintreten können, um zu beten. Doch niemand konnte Wahn die Frau zurückgeben, die der Verbrecher Walz vor seinen eigenen Augen erschossen hatte, und niemand konnte Wahn den einen Arm wiedergeben oder die Gesundheit, die ein anderer Verbrecher am Donnerstag zuvor in Machane Yehuda ruiniert hatte.

Ich konnte den Augenblick kaum abwarten, wenn wir uns nach so vielen Jahren von Angesicht zu Angesicht gegenüberstünden. Den genauen Beweggrund meiner Neugier hätte ich nicht einmal zu nennen vermocht. Ich glaube ganz einfach, der Anblick von Adam Wahn würde wenigstens einige der vielen Fragen beantworten, die mich immer wieder von neuem quälten.

In einer Umgebung, die so voll ist von Träumen wie die Straße, die zum Jaffa Gate führt, konnten Menschen wohl von den merkwürdigsten Dingen träumen. Mir selbst kam einige Nächte lang immer der gleiche Traum. In diesem Traum tritt der Jongleur Adam Wahn auf mich zu; er hat noch beide Hände. Statt der bunten Billardkugeln wirft er schwere Schlüssel in die Luft, fängt sie im Flug wieder ein, wirft sie wieder hoch. Plötzlich steht er ohne den rechten Arm vor mir, und die Schlüssel fallen mir vor die Füße. Ich lehne gegen den Pfosten des abgeschlossenen Tors und bücke mich, um die Schlüssel aufzulesen, und probiere sie aus, einen nach dem andern. Erst der letzte dreht sich im Schloß. Mit ihm erst läßt das Tor sich öffnen. Hinter dem Tor aber tut sich eine Leere auf, gibt es keinerlei Mauern und Wände. Da greift Wahn mit der einen, ihm gebliebenen Hand aus dem Geröllhaufen vor dem Tor einen Stein heraus, trägt ihn durchs Tor und legt ihn auf den Boden, auf dem die Konturen des zerstörten Gebäudes noch zu erkennen sind. Er nimmt einen zweiten Stein, einen dritten und beginnt mit dem Bau einer Mauer.

Diesen Traum habe ich gar nicht verstanden. Ich wachte Nacht für Nacht an der gleichen Stelle auf, und meine Ungeduld wuchs von Mal zu Mal. Es fiel mir schwer zu warten, bis ich Wahn endlich sehen konnte. Von ihm erhoffte ich mir nun auch noch eine Deutung des Traums.

Eine Woche später kam Max mit der Nachricht, daß wir Adam Wahn am folgenden Nachmittag im Krankenhaus besuchen dürften. Wir diskutierten den ganzen Abend lang, was wir ihm als Geschenk mitbringen könnten. Diesmal fiel nicht einmal Menachem Salz ein guter Rat ein. So gingen wir schließlich mit leeren Händen zu ihm.

# 16

Neben einem Bett am Fenster saß der Mann aus Mea Shearim. Er winkte uns von der Tür herein. Selbst jetzt, mit dem staubgrauen Bartrahmen und schweißgetränkten Schläfenlocken war das ernste, ovale, ausgemergelte Gesicht auf dem Kopfkissen unverkennbar. Mit Schläfenlocken hatten wir Adam Wahn nie zuvor gesehen. Die schmale Nase, das spitze Kinn und diese Narbe aus dünnen Lippen, aus der Worte sich wie durch den Spalt einer nur andeutungsweise geöffneten Tür zwängten – wir erkannten sie sofort wieder. Und falls uns ein Zweifel geblieben wäre, hätten wir nur einen kurzen Blick auf diese seltsam durchdringenden, schwarzen Augen werfen müssen, die auch jetzt, im Anstarren der Decke, das gleiche Funkeln und das gleiche Leuchten zeigten, an das wir uns aus der Zeit am Hofe des Sturmbannführers Kohl erinnerten. Diese Augen, welche die in ihren Bahnen kreisenden Billardkugeln nicht für den Bruchteil einer Sekunde losließen. Ihnen entging noch immer nichts.

Er wußte bereits von uns. Unser Besuch überraschte ihn also keineswegs. Der Bogen seiner dünnen Lippen verzog sich zu einem schmerzlichen Lächeln. Wir näherten uns dem Bett fast auf Zehenspitzen. Er brachte einige Worte heraus.

„Welch ein Wiedersehen", sagte er. Und nach längerer Pause fügte er hinzu: „Es ist aber gut, daß ihr gekommen seid."

Ich berührte die Hand, deren Geschicklichkeit und Übung ihm einst das Leben gerettet hatte. Es hatte jedoch eine zweite, genauso behende Hand gegeben, und was Adam Wahn konnte, hatte er nur mit beiden gekonnt. Wie verwaist lag die eine, übriggelassene Hand auf der Decke.

„Du mußt rasch gesundwerden", sagte ich, „damit du uns von dir erzählen kannst. Nach so vielen Jahren muß es viel zu erzählen geben."

Ich ertappe mich recht häufig bei merkwürdigen Gedanken und habe Mühe, darüber zu sprechen. Es wird beispielsweise dunkel, und die Nacht scheint einen Richtertalar anzulegen und über den Tag Gericht zu halten. Oder ich stolpere über einen Stein, und mir kommts in den Sinn, daß mir die Stadt klarzumachen versucht, daß auch für Jerusalem nicht alles glatt läuft, daß es jedoch immer lohnt, so hoch zu steigen. Oder ich sehe am Horizont einen Berg und sage mir: Sieh, die Erde hat auch einen Buckel. Sie hat sogar Tausende von Buckeln und dreht sich trotz all ihrer Lasten noch immer. Solch komische Gedanken bin ich gewohnt. Mir schien das, was mir damals durch den Kopf ging, deshalb gar nicht so außergewöhnlich.

Adam Wahn lag mit geschlossenen Augen da. Ich bemerkte, daß seine Lider hellblau waren. Und ich dachte, daß zwei Tränen vom Himmel herab und ihm auf die Augen tropften. Gesagt habe ichs aber niemand.

„Ja, da gibt es viel zu erzählen“, sagte Adam Wahn schließlich mit schwacher Stimme. „So vieles, über das ich bisher nicht habe sprechen können. Jetzt muß ich alles erzählen. Es ist gut, daß ihr gekommen seid.“

Obwohl ich furchtbar ungeduldig war, meinte ich, er solle sich nur Zeit lassen. Er müsse erst einmal wieder zu Kräften kommen. Wenn er es wünsche, könnten ja vorab Max und ich über unser Leben berichten. Natürlich würden wir gern etwas von ihm hören. Wir könnten unsere Neugier aber durchaus noch ein Weilchen zügeln. Wenn er sich später einmal kräftig genug fühle, uns seine Geschichte zu erzählen, würden Max und ich abwechselnd kommen und ihn, ich versprach es fest, auch dann nicht ermüden.

So wurde es vereinbart. Es dauerte jedoch lange, bis wir unseren Plan auszuführen vermochten. Wahn klagte über schreckliche Schmerzen im amputierten Arm.(Das brachte mich wiederum zu einer meiner seltsamen Ideen, nämlich der, daß uns das, was uns fehlt, stets mehr schmerzt als das, was wir haben). Er mußte starke Schmerzmittel einnehmen, die ihn lähmten. Wenn er sich in dem Zustand befand, kehrten wir jedesmal unverrichteter Dinge aus dem Krankenhaus zurück.

Selbst an Tagen, wenn er sich wohler fühlte, durften wir nur eine halbe Stunde bleiben. Und dann entschied Adam Wahn eines Tages, er fühle sich kräftig genug, und begann seine Geschichte so hastig zu erzählen, als ob er verlorene Zeit wiedergutmachen und alles auf den Punkt bringen wollte, bevor es zu spät wäre. Er sprach in kurzen Sätzen, wie wenn er sie mit einem Lineal genau abmäße. Ich verstand nicht, warum – tat er das, weil ihm zu längeren Sätzen der Atem fehlte? Oder warf er nunmehr Wörter auf so wie er einst seine Billardkugeln? Seine Stimme war völlig ausdruckslos.

„Dort habe ich die ganze Zeit über“, begann er, „immer nur an eins gedacht: wie ich überleben könnte. Anschließend habe ich auch nur an eine Sache gedacht: wie ich mich rächen könnte. Und schon dort hatte ich mir gesagt: Jeder von uns muß mindestens *einen* von ihnen umbringen. Nach dem Tod meiner Frau habe ich geschworen, mir den, der mir gehörte, zu holen. Jeder sollte seinen Mann kriegen dürfen. Meiner war Walz.“

Er starrte lange schweigend zum weißen Deckenquadrat empor. Ich konnte mir denken, was in ihm vorging, so deutlich, als wäre eine Leinwand heruntergerollt worden und nun würde zu Tausenden ein Bild nach dem andern projiziert. Ich dachte schon, an diesem Tage würde ich von ihm nichts Weiteres mehr erfahren, als er plötzlich von neuem begann.

„Ich mußte ihn finden. Ich wußte nicht wo. Ich wußte nicht wie. Tausende von ihnen verschwanden einfach. Such mal im Heuhaufen nach einer Nadel. Sie entkamen. Ich mußte ihn aber aufspüren. Ohne Verdacht zu erregen. Sie warfen ihre Uniformen fort. Rasierten sich die Schnurrbärte ab. Jeder hatte sein besonderes Versteck. Jeder wußte genau, wo er die schlimmste Zeit abwarten könnte. Bis die Welt alles vergessen hätte.

„Ich hatte keine Ahnung, wo Walz zuhause war. Ich landete schließlich in der amerikanischen Besatzungszone. Es gab Dutzende von Lagern für Displaced Persons. In einem landete ich. Ich wollte mich ein bißchen kräftigen. Statt dessen wurde ich krank. Ich lag zwei Monate im Krankenhaus. Daß ich bereits mit einem Fuß im Grab stand, hat man mir erst nachher gesagt. Typhus. Dauernd hohes Fieber. Ich phantasierte. Angeblich habe ich immer wieder geschrien: Walz, Walz, ich werde dich finden. Ich werde dich erledigen wie einen tollwütigen Hund. Ein junger amerikanischer Arzt hat mich damals behandelt. Der hat mir all das erzählt. Ein Jude aus Deutschland in amerikanischer Uniform. Seine Familie war rechtzeitig herausgekommen. Er hatte sein Studium unmittelbar vor Kriegsausbruch abgeschlossen. Er war wie ein Bruder zu mir. Er wollte aber über Walz Bescheid wissen. Am Ende habe ich ihm alles gesagt. Er versprach, mir zu helfen, Walz zu finden.“

Ganz so klar und deutlich hat Wahn sich nicht ausgedrückt. Er hat den Fluß der Rede oft unterbrochen und zwischen den Sätzen lang geschwiegen, und in solchen Pausen schien er in Gedanken weit weg zu sein. Jedesmal, wenn er sich mir erneut zuwandte, versuchte er durch ein schnelleres Erzählen der Geschichte wieder aufzuholen.

„Er hat mir tatsächlich geholfen“, fuhr er fort. „Mehr, als ich erwartet hätte. Eines Tages kam er ganz aufgeregt zu mir. Er hatte mit einem Freund gesprochen. Einem anderen jüdischen Offizier, der hatte gefangene Nazis zu verhören. Man hatte eine Liste mit den Namen von 15.000 SS-Leuten gefunden. Der Name Walz kam auf der Liste nur einmal vor. Walz, Heinrich. Der Arzt gab mir ein Stück Papier mit den persönlichen Daten von

Walz. Der Geburtstag. Der Tag der Einschreibung bei der SS. Es war besonders wichtig, wo er zur Zeit seines Beitritts gewohnt hatte. In einer Kleinstadt bei München. Sogar das hat mein Arzt Dr. Klein für mich herausgefunden. Ich wollte sofort los. So kräftig, wie ich mir plötzlich vorkam, konnte sich in der ganzen Welt niemand fühlen.“

Das Stück Papier wirkte wie ein Wunderheilmittel. Klein konnte gar nicht verstehen, wieso Wahn sich auf einmal so rasch erholte. Eine Woche danach war es unmöglich, ihn noch länger zurückzuhalten. Er war in Gedanken längst auf dem Weg zur Kleinstadt bei München.

„Klein hat natürlich versucht, mir das auszureden. Hat mich vor Komplikationen gewarnt. Gedroht, mich ans Bett festzubinden. Als er jedoch einsah, daß es hoffnungslos war, hat er mir alles Notwendige besorgt. Er hat mir sogar ein paar Dollar in die Tasche geschoben, mehrere Schachteln Zigaretten, und drei Paar Nylonstrümpfe. Dafür konnte man damals alles kaufen. Alles und jeden.

„Nachdem ich das Lager für Displaced Persons verlassen hatte, kaufte ich mir als erstes eine Pistole. Wie die von der SS. Sie war gar nicht schwer aufzutreiben. Auch Munition stellte überhaupt kein Problem dar. Andere, die überlebt hatten, lungerten einfach in Lagern auf ihren Kojen herum. Wußten nicht, was sie mit sich anfangen sollten. Viele hofften, irgendwelche Verwandte wiederzufinden. Glaubten noch immer an Wunder. Wußten nicht, wohin oder zu wem sie hätten heimkehren sollen. Bei mir war das etwas anderes. Ich wußte, wofür ich leben wollte. Jedenfalls, bis ich Walz fand. Bis ich Rache geübt hätte. Weiter habe ich nicht gedacht.

„Zwei Tage und zwei Nächte habe ich in einem überfüllten Zug verbracht. Meine Tasche habe ich nicht einen Moment lang losgelassen. In der befand sich alles, was ich besaß. Zwei Hemden, zwei Paar Socken, eine Schachtel mit farbigen Billardkugeln, ein Kartenspiel und noch ein paar Dinge, die ich zum Jonglieren brauchte. Mit diesen Sachen konnte ich in den schlimmsten Zeiten überleben. Das wußte ich doch. Und darunter lag die Pistole mit der Munition. Mehr brauchte ich nicht. Am dritten Tag kam ich in München an. Der Zug zur Heimatstadt von Walz fuhr erst in einer Stunde. So saß ich im rauchgeschwängerten Wartesaal und dachte zum erstenmal über die nächsten Schritte nach."

Wahn war außer Atem geraten und mußte wieder eine Zeitlang aufhören. Ich sah mich in Gedanken neben ihm im Warteraum sitzen und überlegte, was ich an seiner Stelle getan hätte. Er fühlte sich jedoch bald wieder stark genug, um mit seiner Geschichte fortzufahren.

„Als ich im Zug saß, wußte ich immer noch nicht weiter. Mit Fragen würde ich Leute nur mißtrauisch machen. Dem Zufall durfte ich anderseits nichts überlassen. Ich konnte nicht einfach in der kleinen Stadt herumlaufen und damit rechnen, Walz über den Weg zu laufen. Und wenn er sich versteckt hielte? Er würde wahrscheinlich baldmöglichst nach Hause zurückzukehren versuchen. Vielleicht kam ihm das aber gefährlich vor. Wenn er sich nun ein anderes Versteck suchen würde? Der Zug fuhr durch ein Tal. Zu beiden Seiten der Schienen erhoben sich dichtbewaldete Berge. Dort mußte es

Tausende von Verstecken geben, die niemand erreichen könnte. Oder die Amerikaner könnten ihn bereits gefaßt haben und er befände sich nun in einem ihrer Gefangenenlager. Möglich wars. Danach hätte ich mich erkundigen sollen, bevor ich Hals über Kopf aufgebrochen war, ohne alles gründlich zu durchdenken. Nun war ich jedoch drei Tage lang gereist. Hatte die Stadt fast schon erreicht. Jetzt wieder umzukehren kam nicht in Frage.

„Neben mir saß ein älteres Ehepaar. Der Mann war offensichtlich längst im Ruhestand. Vielleicht hatte er bei der Eisenbahn gearbeitet. Er paffte eine kleine geschnitzte Pfeife mit Metalldeckel. Er nickte ununterbrochen mit dem Kopf, und gelegentlich sagte er Sätze wie Das wars oder Was haben wir nicht schon hinter uns. Die Frau war ungeheuer gesprächig. Sie quasselte unentwegt, und es störte sie gar nicht, daß sich dafür außer ihr selbst niemand interessierte.

„Ich fragte nach der Anzahl der Stationen bis zu der Stadt, wo ich aussteigen wolle. Der alte Mann nahm die Pfeife aus dem zahnlosen Mund und erwiderte mit absoluter Gewißheit: vier. Dann nannte er die genaue Zeit, wann der Zug plangemäß dort eintreffen müßte. Die Frau sah ihre Chance zu einer breiteren Unterhaltung. Sie ließ sie sich nicht entgehen. Ich könnte mit ihnen gemeinsam aussteigen, erklärte sie. Sie hätten das gleiche Ziel. Sie wohnten in einem Dorf, das zu Fuß eine Stunde entfernt lag. Die beiden kannten in der Stadt jeden. Und sie bombardierte mich mit Hunderten von Fragen. Wen ich besuchen wollte? Woher ich käme? Mein Deutsch war gut, aber mit dem bayerischen Akzent tat ich mich natürlich schwer. Daß ich nicht aus der Stadt stammen konnte, war klar. Ich log und behauptete, ich sei Sudetendeutscher, hätte aber einige Jahre lang in Brünn gelebt. Wen ich denn besuchen wolle? erkundigte sich die Frau von neuem. Huber. In dieser Gegend gab es so viele Leute mit dem Namen Huber. Irgendeinen mußte es dort geben. Huber? Welchen Huber? Den Gastwirt oder den Baumeister? Den Baumeister, antwortete ich. Wir hätten gemeinsam etwas vor.

„Plötzlich kam es mir in den Sinn hinzuzufügen, ich beabsichtige außerdem, einen gewissen Walz zu besuchen. Wir seien während des Krieges zusammengewesen, und ich hätte mich erinnert, daß er hier beheimatet sei. Walz? Das muß Heinrich sein, sagte sie. Genau, bestätigte ich, er heiße Heinrich. Ja. Sie dachte einige Augenblicke lang nach. Sie wußte, daß er vor gar nicht langer Zeit heimgekehrt war. Wenn sie sich nicht irre – und im allgemeinen irre sie sich nie, sie habe noch alle Tassen im Schrank –, hatte er sich aber daheim nur kurz die Füße gewärmt und gleich wieder auf und davon gemacht. Einfach so? Wie schade, sagte ich. Dem schien sie nicht zustimmen zu wollen. Er sei immer ein Taugenichts gewesen. Das dürfe ich ihr wirklich abnehmen. Es gebe Leute, die hätten behauptet, er sei hier seines Lebens nicht sicher. Er hatte Angst. Nur Gott wisse, was der auf dem Kerbholz hätte. Heinrich Walz sei nie ein guter Mensch gewesen. Ich tat so, als ob mich das, was sie sagte, völlig überrasche. Ob sie vielleicht wisse, wohin er gegangen sein könnte? erkundigte ich mich unschuldig. In dieser Zeit wisse niemand Genaues, gab sie zurück. Es hieße, er sei eventuell nach Österreich gegangen. Dort sei der Boden vielleicht nicht gar so heiß. Der alte Mann zog an seiner Pfeife, nahm sie aus dem Mund, nickte und meinte: Wir haben eine lange Reise hinter uns."

Wahn schaute auf die Uhr an der Wand. Er merkte, daß die Besuchszeit fast abgelaufen war. Er unterbrach nur eine Minute, um Atem zu holen und fuhr rasch fort.

„Das war für mich ein Schlag. Die Frau klang zuverlässig. Falls sie recht hätte, wäre meine ganze Reise umsonst gewesen. Ich ließ mir die Enttäuschung nicht anmerken. Wir stiegen aus. Ich ging ein Stück mit ihnen. Die alte Frau redete ununterbrochen. Ich hörte nicht zu. Daß ich Walz höchstwahrscheinlich verpaßt hatte, warf mich aus dem Gleichgewicht. Damals wußte ich noch nicht, welch langer Weg vor mir lag und wie oft Walz mir entwischen würde. An der Kreuzung zeigte mir die Frau, wo ich den Baumeister Huber antreffen würde. Und wenn ich die gleiche Straße ein bißchen weitergehen würde, bis zur Stadtgrenze und dann auf den Wald zu, käme ich zum Walzhof. Dann verabschiedeten wir uns.

„Ich mußte mich entschließen. Ich konnte der Frau glauben, mich auf der Stelle umdrehen und mit dem nächsten Zug wieder dorthin zurückkehren, woher ich gekommen war. Vielleicht sollte ich aber doch prüfen, ob die Frau sich nicht geirrt hatte. Am Ende beschloß ich, die Straße hinunterzugehen, die sie mir gezeigt hatte. Und so habe ich den Hof, der ihren Worten zufolge der Familie Walz gehörte, bald erreicht.

„Das große Holzhaus ließ auf einen wohlhabenden Bauern und nicht etwa auf einen armen Tagelöhner schließen. Es stand ein wenig abseits. Von den anderen Häusern auf der einen Seite war es durch einen Feldstreifen, auf der anderen durch den Wald getrennt. Ich ging um die Ställe und den Kornspeicher herum. Jedenfalls nicht an der Stirnseite des Hauses vorbei, wo irgendwer aus dem Fenster auf die Straße hinausschauen könnte. Ich nahm zwar nicht an, daß Walz sich dort noch aufhielt. Aber ich mußte vorsichtig sein. Als ich die Bauernleute mit dem Durchlüften des Heuschobers beschäftigt sah, wußte ich, was ich zu tun hatte. Ich ging über zwei Felder zum Wald. Ließ mich auf einem moosüberwachsenen Flecken am Waldrand nieder. Von dort aus konnte ich den Hof gut beobachten. Hinter Büschen von hohem Farn war ich selbst nicht zu sehen. Ein bißchen zum Essen hatte ich noch in der Tasche. Ich aß und streckte mich auf dem Moos aus. Es war spät am Nachmittag, als ich aufwachte. Doch es war noch zu früh. Zum Ausführen meines Plans brauchte ich die Dunkelheit."

Er blickte erneut auf die Uhr an der Wand und beeilte sich mit dem Erzählen, als ob er vor meinem Weggehen diesen Teil des Berichts noch abschließen wollte.

„Die ersten Flammen züngelten vom Heuschober. Sie erfaßten binnen einer Minute den Kornspeicher. Da war ich schon nicht mehr im Wald. Ich lag flach auf dem Boden des Grabens zwischen den beiden Feldern. Aus dem Hof rannten schreiend Menschen. Rannten hin und her, führten die Kühe aus dem Stall und reichten Wassereimer weiter. Ich beobachtete sie genau. Walz hätte keiner von ihnen sein können. Von der Stadt her sah ich Menschen herbeilaufen und umsonst versuchen, das Feuer zu löschen. Es war ein trockener Sommer gewesen. Deshalb ging alles in Rauch und Flammen auf, bevor die Feuerwehr eintraf.

Ich schlug einen großen Bogen um die Stadt. Wartete bis zum Morgengrauen. Dann ging ich zum Bahnhof zurück. Ich mußte nicht lang auf den ersten Zug warten. Drei Tage später war ich wieder im Lager für Displaced Persons. Ich hatte den Walzhof in Schutt und Asche gelegt. Das hielt ich jedoch nur für eine sehr bescheidene Anzahlung auf eine unendliche Schuld. Ich wußte nun mit Bestimmtheit, daß ich woanders nach ihm suchen mußte. Soviel war klar. Mehr aber auch nicht."

In dem Augenblick trat die Oberschwester ein und verkündete schrill, die Besuchszeit sei zu Ende. Wahn machte eine Bewegung, als wolle er resignierend die Hände heben. Mir kam es so vor, als ob er sich erstmals bewußt würde, daß er diese und so viele andere Bewegungen nun nicht mehr ausführen könnte, weil er dazu zwei Hände gebraucht hätte. Er lächelte. Es war das erstemal, daß ich auf seinem Gesicht so etwas wie ein Lächeln gesehen hatte. Er brachte seine Geschichte noch rasch zu Ende.

„Ich habe natürlich sofort Klein zu erreichen versucht. Ich fand ihn aber nicht. Er war, wie ich erfuhr, in ein anderes Lager versetzt worden. Ich mußte also einen anderen Weg finden, um festzustellen, ob Walz bereits hinter Gittern saß. Und wenn sich herausstellen sollte, daß man ihn noch nicht gefangen hatte, brauchte ich Hilfe und Papiere, damit ich frei herumreisen konnte. Falls er sich tatsächlich in Österreich aufhielt, mußte ich hin. Wie ich sehe, runzelt die Schwester schon die Stirn.

Den Rest der Geschichte werde ich also morgen erzählen."

Ich berührte zum Abschied die Hand, die ihm geblieben war.

# 17

Den nächsten Teil der Geschichte erzählte er nicht mir, sondern Max, der am Tag drauf meine Stelle einnahm und mir dann am Abend, als wir uns bei Menachems Kiosk trafen, alles berichtete.

So wie Max es darstellte, entfaltete Wahn seine Erinnerung an diesem Tag ganz langsam, hielt er sich bei jeder Einzelheit auf, als gäbe es da Knoten, die er lösen mußte, bevor er mit dem Abrollen des Fadens weitermachen konnte.

In dem Lager für Displaced Persons, so berichtete Max, war alles aufzutreiben, ließ sich jede Art von Information, jeder Gegenstand kaufen. Man mußte nur Geduld haben und suchen und durfte nie aufgeben, denn häufig geriet man in eine Sackgasse und mußte wieder ganz von vorne anfangen, bis man endlich das Gesuchte fand. Da gab es einen lebhaften Handel mit Informationen. Es kam nur darauf an zu wissen, wen man fragen und womit man zahlen mußte.

Adam Wahn löste Knoten für Knoten alles auf, woran er sich noch erinnerte – was er auf sich genommen hatte, um ganz sicher zu gehen, daß die Amerikaner ihm nicht zuvorgekommen waren und Walz gefangen hatten, bevor er selbst Walz die Hände um den Hals legen konnte. Es war nicht einfach, an die Liste mit den Namen der gefangenen SS-Männer zu kommen. Daß ein Name auf der Liste stand, mußte auch nicht viel bedeuten, weil alle Zeit genug gehabt hatten, den Namen zu ändern und sich gefälschte Ausweise zu beschaffen.

Mit jedem neuen Schritt stand er wie vor einer undurchdringlichen Mauer. Alles sprach dafür, daß er aufgab. Er konnte allerhöchstens noch hoffen, daß irgendein dämlicher Zufall ihm Walz in die Hände spielen würde. Nichts war Wahn jedoch verhaßter, als sich dem Zufall anzuvertrauen.

Und so ließ er sich von seinem Instinkt leiten, und nicht von seinem skeptischen, zweifelnden und daher unbrauchbaren Verstand.

Auf dem Informationsmarkt der Lager gab es eine Flut von Gerüchten über SS-Männer. Die Nazis flüchteten vor allem nach Österreich. Diesen Quellen zufolge blieben viele dort, weil es in Österreich leichter war als in Deutschland, sich vor den Amerikanern zu verstekken. Andere, so hieß es, flohen über Italien in entlegenere Länder, hauptsächlich nach Südamerika. Die Gerüchte sprachen von einem wasserdichten Fluchtnetz, dank dessen diese Kriegsverbrecher von Ort zu Ort entkamen, und von einem Schiff, das sie dorthin trug, wo sie nie mehr gefunden würden. Alles schien mit preußischer Gründlichkeit geplant und vorbereitet. Dutzende, ja Hunderte von Mördern, so hieß es, entzögen sich dem Zugriff der Gerechtigkeit, flüchteten, und niemand könne etwas dagegen unternehmen. Die Amerikaner hatten alle Hände voll zu tun mit denen, die bereits hinter Gittern saßen, und selbst die konnten zum Teil wieder entkommen.

Der Instinkt sagte Wahn, daß Walz – wenn er nicht zuhaus geblieben war, und für den Augenblick war es die einzig sichere Erkenntnis, daß er *nicht* zuhause war – sich nicht mehr in Deutschland befand. Zugegeben, man sollte sich nicht auf den Instinkt verlassen; doch der Verstand, der predigte, daß doch alles vergeblich sei, war genausowenig verläßlich. Menschen, die selbst hilflos waren, halfen anderen, die entschlossen waren, mit größter Bereitwilligkeit, selbst wenn solche Entschlüsse blanker Unsinn schienen und eigentlich niemand an ihren Erfolg glaubte. Und so konnte sich Wahn ohne allzugroße Mühe schließlich einen Ausweis besorgen, der ihm den Grenzübertritt nach Österreich ermöglichte.

Wahn berichtete Max, wie er in Österreich von Lager zu Lager gewandert sei, von Pontius zu Pilatus geschickt wurde, wie jeder ein neues, ein anderes Gerücht gehört hatte, jeder ihm etwas anderes geraten hätte und daß er am Abend nie klüger war als zu Beginn des Tages.

Von Wien brach er auf nach Innsbruck, weil letzten Gerüchten zufolge Innsbruck die erste Zwischenstation auf der Flucht über den Brenner nach Italien war. Er blieb in Salzburg, weil andere Quellen – und niemand vermochte mit Gewißheit zu bestätigen oder bestreiten, daß sie zuverlässiger waren als andere Informationen – behaupteten, daß in den umliegenden Bergen Hunderte von SS-Männern schwärmten. Sie hätten ihre Uniformen gegen Lederhosen und Lodenmäntel mit Hirschhornknöpfen getauscht und dort sichere Zuflucht gefunden.

In Salzburg begegnete er einem Mann, der ein halbes Dutzend Konzentrationslager überlebt und seit Kriegsende mit den Amerikanern zusammengearbeitet hatte, um Gefangene zu verhören und geflohene Kriegsverbrecher aufzuspüren. Er hatte sich jedoch schließlich von den Amerikanern getrennt, weil ihm die Einsicht gekommen war, daß er allein auf schnellere Weise mehr Verbrecher der Gerechtigkeit zuführen könnte. Er begann Zeugenaussagen über die Greuel zu sammeln, Dokumente über die Verbrecher und Informationen über ihre Aktivitäten und Handlungen seit Kriegsende.

Er schlug Wahn eine Mitarbeit vor. Er hätte gleich beim ersten Zusammentreffen gespürt, daß sie etwas verbinde. Wenngleich Wahn darüber nicht sprach, so wußte er doch, daß sie etwas trennte. Dem einen ging es um gesetzliche Bestrafung, dem anderen um Rache. Wahn nahm das Angebot trotzdem an und blieb für einige Monate in Salzburg. Hauptsächlich in der Hoffnung, daß die Zusammenarbeit mit dem neuen Freund ihn auf eine Spur von Walz führen würde. Und alles, was dem anderen half, Verbrecher zu finden und zu bestrafen, war gewiß eine gute und lohnende Sache. Doch jeder von beiden war hauptsächlich damit beschäftigt, die eigenen Spuren zu verfolgen. Max ging es um Walz. Die Rechnung mit ihm wollte er persönlich begleichen. Es war das einzige, was er zustandebringen zu müssen meinte.

Und dann gerieten die beiden plötzlich in Streit.

„Das Gesetz", bemerkte Wahns neuer Freund. „Jedem von ihnen muß der Prozeß gemacht werden. Jeder von ihnen muß den Zeugen in die Augen sehen. Jeder, der nachweislich ein Verbrecher ist, muß bestraft werden. Damit schließlich alle wissen, *daß* es ein Gesetz, daß es *Gerechtigkeit* gibt."

Wahn reagierte mit einer Lawine von Fragen. „Das Gesetz? Und wer sind die Richter? Wer garantiert mir, daß die Richter selbst nicht auf der Anklagebank sitzen müßten? Wie kann man mit Sicherheit wissen, daß niemand von ihnen einen Bruder, einen Freund hatte, der kein bißchen besser war als der Mensch, über den sie das Urteil zu fällen haben? Und was ist, wenn sie ihn nur zu einigen Monaten Haftstrafe verurteilen oder gänzlich straffrei ausgehen lassen?"

„Gesetz. Zuallererst müssen in der Welt Recht und Ordnung herrschen."

„Gut", räumte Wahn ein. „Es soll Recht herrschen. Aber nicht ein Recht, das jeder wie ein Schilf im Wind nach seinen eigenen Bedürfnissen zurechtbiegen kann. Nicht ein Recht, das zuläßt, daß *andere* über Dinge urteilen, die *wir* erfahren haben – Menschen, die so etwas nie erlebt haben. Die Strafe, die sie zumessen, kann nie ausreichen."

„Du redest wie ein Kind, das sich unfair behandelt vorkommt. Was soll denn ein ausreichendes Strafmaß bedeuten? Welche Strafe könnte denn nur für einen winzigen Bruchteil der Schrecken genügen? Einige von denen haben Dutzende, möglicherweise Hunderte von hilflosen, unschuldigen Menschen mit eigener Hand umgebracht. Willst du sie dafür hundertmal hinrichten lassen?"

„Der Mörder meiner Frau darf nicht am Leben leben bleiben.“ Wahn blieb stur. „Er wird nicht am Leben bleiben. Er wird nicht davonkommen. Ich habe es mir geschworen. Und ich verlaß mich auf niemand außer mir selbst. Mit diesen beiden Händen hier werde ich dafür sorgen, daß er nicht am Leben bleibt.“

„Und dann wird nach dir gefahndet, so wie du jetzt nach ihm suchst.“

„Nein. Nach mir wird man nicht fahnden müssen. Ich habe nämlich mit der Welt sonst nichts mehr zu schaffen. Ich habe nur ein Ziel, und das will ich erreichen.“

So endete die Auseinandersetzung jedesmal.

Und damit kam vor Menachems Kiosk an jenem Abend der Bericht von Max zu seinem Ende.

„Jeder ist eben anders“, bemerkte Menachem, während er einem jugendlichen Kunden ein Eishörnchen füllte. „Jeder findet an etwas anderem Geschmack. Für jeden Menschen ist ein anderer Schlüssel erforderlich. Den einen treibt die Liebe. Ein anderer setzt sich in Trab, wenn irgendwo in der Ferne ein Groschen winkt. Was Wahn in Bewegung hielt, war einzig und allein Rachedurst. Vielleicht war das für ihn wirklich wichtig. Das weiß nur Gott allein. Den einen treibt die Last des Gewissens, den andern ein gestörtes seelisches Gleichgewicht. Vielleicht war es für ihn wirklich wichtig. Vielleicht konnte er auf andere Weise damit nicht klarkommen.“

„Das Gesetz sind die zehn Gebote“, sagte der Richter in mir. „Die Forderung Auge um Auge, Zahn um Zahn ist nie Bestandteil des Gesetzes gewesen.“

„Wahn kannte aber nur ein Gesetz – und das hatte er sich selbst gegeben: Der Mörder meiner Frau darf nicht am Leben bleiben. Das war sein einziges Lebensziel." So sah die Sache für Max aus.

„Genau das will ich ja sagen. Jeder ist anders", faßte Menachem Salz das Gespräch zusammen.

Schließlich setzte Max seinen Bericht über den weiteren Verlauf des Rachefeldzugs von Adam Wahn wieder fort.

Einige Monate später – dem Freund war es nicht gelungen, ihn zu überzeugen, daß sein Plan verrückt war und daß er nicht die geringste Chance hatte, seinen Mann aufzuspüren – verließ Wahn Salzburg. Er begab sich nach Innsbruck, wie er es von Anfang an vorgehabt hatte. Lang blieb er auch dort nicht. Er hatte in Salzburg einen Reisepaß bekommen, und in Innsbruck fand er jemand, der ihm ein Visum nach Italien besorgte. In einem Lastwagen kam er über den Brenner und bewegte sich dann langsam auf Genua zu. Irgendwer verhalf ihm hier und da zu einem Bett, einem Stück Käse oder einem Krug Wein. Manchmal setzte er in einer Stadt seinen Rucksack mitten auf dem Marktplatz neben dem Brunnen ab und holte die bunten Billardkugeln hervor und warf sie in die Höhe. eine nach der andern, und ließ sie ihre Bahn kreisen. Die Zuschauer, die sich wie verzaubert um ihn herum gruppierten, ließen in seinen Hut auf dem Bürgersteig ein paar Münzen fallen. Und so hatte er stets genug, um seinen Weg fortzusetzen bis zu dem Hafen, von dem die Schiffe, wie er wußte, nach Südamerika ausfuhren.

Nach seiner Ankunft in Genua wurde er jedoch bald

erneut krank. Er hatte das Lager für Displaced Persons entweder zu früh verlassen, oder sein geschwächter Körper war den Anstrengungen des ewigen Herumreisens nicht gewachsen. Jedenfalls brachte ein schwerer Anfall von Ruhr ihn schließlich vor das Tor eines Klosterspitals, wo die Mönche ihn fanden und in Pflege nahmen. Viel Geld hatte er nicht bei sich. Seine persönlichen Papiere gaben ihn als jüdischen Häftling eines deutschen Konzentrationslagers zu erkennen. Also konnten sie davon ausgehen, daß irgendeine jüdische Organisation für ihn aufkommen würde. Was sie von den farbigen Billardkugeln zu halten hatten, die sie in seinem Sack entdeckten, wußten sie nicht. Die Pistole und Munition fanden sie nicht. Die hatte Wahn nämlich, als er die Schwäche herannahen spürte, in einem nahegelegenen Park vergraben.

Einen ähnlichen Menschen wie den jüdischen Arzt im amerikanischen Lager gab es hier für ihn nicht. Wenn die Mönche ihn anderseits nicht wie einen Bruder behandelten, so nahmen sie sich seiner doch fürsorglich an. Zum Klagen hatte er keinen Anlaß, und wenn er Grund zum Klagen gehabt hätte, so hätte er sie schwerlich anbringen können, weil dort niemand deutsch sprechen wollte, selbst die nicht, die es beherrschten, und Wahns Italienisch beschränkte sich auf ein Dutzend Wörter. Er lag also ruhig da und ließ sich pflegen, erholte sich und dachte nach. Sein Rachedurst wurde kein bißchen schwächer.

Der Friede und die Stille, in der er nun nachdachte, ließen ihn klarer erkennen, wie hoffnungslos seine Bemühungen waren.

Wie konnte er auch nur einen Augenblick lang damit rechnen, den Mann je zu finden, den er suchte? Such mal nach einer Träne im Ozean. Finde doch mal ein ganz bestimmtes Sandkorn in der Wüste. Alle sehen sich gleich, und man kann nie wissen, wohin der Wind es treibt, wohin es rollt. Walz hätte sich zu diesem Zeitpunkt überall in der Welt verborgen halten können. Genausogut konnte er sich aber auch in Genua befinden, im Bett nebenan liegen. Den ganzen Tag über starrte Wahn von seinem Bett aus zur Leere der Zimmerdecke empor. Er mußte sich die Hoffnungslosigkeit seiner Mission immer deutlicher eingestehen. Vor sich sah er ein Leben der Suche, ohne daß er, wie er zugeben mußte, damit rechnen könnte, sein Ziel je zu erreichen. War das aber im Grunde nicht das Schicksal aller Menschen? Suchte nicht jeder, mußten nicht alle ihr Leben lang suchen? War es etwa nicht so, daß nur wenige, glückliche Menschen am Ende fanden, wonach sie immer gesucht hatten?

Wenn Adam Wahn damals an Gott geglaubt hätte, wäre ihm klargeworden, daß nur Er ihn auf die richtige Spur führen könnte. Er hätte sich gesagt, daß er seine Suche gleich an dem Punkt aufgeben und in die bayerische Stadt zurückkehren könnte, wo die Familie Walz lebte. Oder er könnte dort ganz von vorn anfangen, wo er vor dem Krieg mit Esther gewohnt hatte. Wenn Gott ihm ein Zeichen geben wollte, so konnte er es ihm überall geben. Und falls nicht, hatte alles Suchen sowieso keinen Zweck.

Wenn er an Gott geglaubt hätte . . . Damals aber, und noch lange danach, war Adam Wahn dem Glauben, den er verloren hatte, nicht einen Fingerbreit wieder nähergekommen. Obwohl er aber überzeugt war, daß er kaum eine Chance hatte, blieb er von der einen Sache besessen und unfähig, seine Jagd aufzugeben.

Der Verstand sagte ihm, daß Walz irgendeine Zuflucht, irgendwelche Fluchtroute selbst dann finden könnte, wenn eine ganze Armee die Welt nach ihm durchkämmen würde. Doch Adam Wahn hatte es längst aufgegeben, sich auf irgendetwas in der Welt zu verlassen. Er glaubte nur an sich selbst. Er mußte sich auf sich selbst konzentrieren, auf das eigene Denkvermögen, den persönlichen Instinkt, der, wie er meinte, ihm den Weg zu Walz weisen würde wie eine Magnetnadel. Es war völlig umsonst, daß sein Verstand ihn warnte, daß die Uhr an der Wand ihn auslachte und mit ihrem langsamen Pendel einen Narren schimpfte.

Adam Wahn wartete nur darauf, daß die Tür des Spitals sich öffnete und er seine Suche wiederaufnehmen konnte.

Als dieser Augenblick endlich eintrat, war er so schwach, daß er seine Reisen eine Zeitlang aufschieben mußte. Und falls es eines weiteren Anstoßes bedurft hätte, um seinen Widerstand gegen diesen weisen Entschluß zu brechen, so brauchte er nicht lange zu suchen. Sobald er das Hospital verlassen hatte, strebte er dem Park zu, wo er seine Pistole und Munition vergraben hatte. Er fand nur ein leeres Loch. Wer immer die Schußwaffe herausgenommen hatte, hatte es nicht einmal für nötig befunden, es wieder zuzumachen. Wahn aber zog den Schluß, daß er sich als erstes eine neue Schußwaffe besorgen müßte. In dieser schweren Zeit hätte er möglicherweise bei den Quellen, die seinen Krankenhausaufenthalt bezahlt hatten, ein wenig Unterstützung finden können. Doch gab es in ihm eine Regung, die Hilfe ablehnte. Vielleicht wollte er niemand verpflichtet sein. Vielleicht glaubte er tatsächlich nur sich selbst. Vielleicht wies die innere magnetische Nadel ihn auch in eine andere Richtung. Er machte sich auf den Weg zum Hafen. Er war sich jedoch dessen bewußt, daß – selbst falls dort ein brauchbares Schiff vor Anker läge und selbst wenn der Kapitän ihn für die Fahrt nach Südamerika als Heizer akzeptierte – er sich schwere Arbeit fürs erste nicht zutrauen durfte. Er mußte eine Lösung finden, um die notwendige Rekonvaleszenzzeit zu überbrücken. Als er sich durch die Straßen zum Hafen schleppte, blieb er plötzlich wie angewurzelt vor einem Holzzaun stehen, der mit bunt leuchtenden Plakaten behangen war.

Ein Plakat kündigte die Vorführung des Circus Prato in Genua an – eines mittelgroßen Zirkus mit sechzehn Pferden, sechs Löwen und drei Bären. Er erkannte sofort, daß der Zirkus hervorragend geführt wurde. Ein livrierter Zirkusangestellter führte ihn vom Eingang, vorbei an einem geräumigen, sauberen Zelt, zu mehreren blitzblanken, strahlenden Wagen. Vor einem der Häuser auf Rädern, das Wahn – aus einem völlig unerklärlichen Grund – an das Märchen von Hänsel und Gretel und dem Pfefferkuchenhaus erinnerte, übte ein Liliputaner. Obwohl es an seinem Gesicht abzulesen war, daß er so jung nicht mehr sein konnte, schlug er äußerst muntere Purzelbäume.

„Übernimm du ihn", sagte der Livrierte. „Ich muß

zum Eingang zurück. Er sucht Arbeit. Vielleicht will die Signora ihn sehen."

Der kleine Kerl unterbrach seine Übungen und machte eine höfliche Verbeugung.

„Ein Vergnügen", sagte er. „Zur Signora gehe ich immer gern. Welche Sprache spricht er denn?" wollte er wissen, und der Mann in der Zirkuslivree erwiderte, Wahn spreche Polnisch, Deutsch, ein bißchen Französisch und könne Italienisch zum Teil verstehn.

*„Popolsku? Prosze pana"*, sagte der Liliputaner. Bevor er Wahn jedoch zur Signora begleitete, ließ er sich auf dem Boden nieder und musterte den Fremden von unten wie einen hohen Kirchturm. Dann sprang er auf, betrachtete Wahns Hände und rief: „Ein Jongleur. Kugeln, Flaschen, Ringe, Teller und Karten. Du hast Glück. Vor drei Tagen hat uns ein Chinese verlassen. Es gibt in unserem Programm also ein Loch."

Wahn wurde zur Signora Prato geführt, die in einem der Zirkuswagen an einem Schreibtisch saß. Selbst so konnte er sie sich leicht im Balance-Akt auf dem Rücken eines Pferdes vorstellen. Sie war nicht mehr jung, aber eine von jenen Frauen, deren Schönheit nie vergeht. Ihre weichen, braunen Augen hatten einen durchdringenden Blick, als ob sie tief in sein Inneres schaute. Sie sah Wahn lang ins Gesicht, als ob sie daran abzulesen versuche, wer er war, was er erlebt hatte, was ihm in seinem Leben alles zugestoßen war – diesem Mann, der da vor ihr stand und Arbeit suchte. In einem Französisch, das kaum besser war als sein eigenes, teilte sie ihm mit, daß, wie Ricarcdo sicherlich bereits erwähnt habe, sie sich tatsächlich momentan nach einem Jongleur umsähen. Sie fragte nach Empfehlungsschreiben, wieviel Erfahrung er besäße. Sie sprach langsam und musterte Wahns Gesicht, als ob es sie geradezu fasziniere.

Wahn erklärte, er habe noch nie Empfehlungsschreiben gebraucht; danach frage niemand, der ihn einmal bei seiner Arbeit sähe. Im übrigen brauche er nichts außer einem kleinen Platz zum Leben, und falls sie von seiner Arbeit ein Beispiel sehen möchte, so würde er, mit ihrer Erlaubnis, ihr gleich hier etwas vorführen – oder, was er persönlich vorzöge, draußen auf dem Rasen. Ohne ihre Zustimmung abzuwarten, zog er den Mantel aus, krempelte er sich die Ärmel hoch. Als er sich bückte, um seine Billardkugeln aus der Tasche zu holen, kamen seine Augen auf ihrem Gesicht zu ruhen, und er sah, daß das Blut aus ihrem Gesicht gewichen war. Ihre Lippen zitterten. Ihre angsterfüllten Augen starrten auf seinen Arm mit der eintätowierten Nummer des Konzentrationslagers.

„Es war wie in einem Fortsetzungsroman"", schloß Max seinen Tagesbericht. „Kaum beginnt es richtig spannend zu werden, kommt die Oberschwester herein, und bei der nützt kein Betteln und Feilschen. Ich mußte mich verabschieden und gehen."

# 18

Am Tag drauf gefiel mir Adam Wahn überhaupt nicht. Das Fieber war leicht gestiegen. Er klagte über Schmerzen in der Hand, die ihm fehlte. Er redete noch erregter als vorher, wie unter einem Zwang, so viel wie möglich loszuwerden. Also ging ihm bald der Atem aus. Ich schlug mehrfach vor, ein Weilchen schweigend neben ihm zu sitzen und für den weiteren Teil seiner Geschichte ein andermal wiederzukommen. Doch Wahn wollte gleich weitererzählen. Er vergewisserte sich zunächst einmal, daß mir Max auch wirklich alles vom Vortag mitgeteilt hatte. Ich beruhigte ihn – Max habe die Geschichte bis zum Augenblick des Erstaunens auf dem Gesicht der Signora Prato gebracht, als sie die Zahlentätowierung auf seinem Arm sah. Wie ein Schauspieler, der auf sein Stichwort wartet, nahm er seine Erzählung an genau dieser Stelle auf, genau dort, wo er am Tage vorher aufgehört hatte.

„Erstaunen?“ fragte er. „Vielleicht war es ein Erstaunen, oder Panik, oder auch etwas völlig Anderes. Sie schien wie gelähmt. Eine Zeitlang wußte ich nicht, was los war. Dann fand sie ihre Sprache wieder. Ihr Mann,

Giacomo Prato, so stellte sich heraus, war einer der wenigen tausend italienischen Juden gewesen, die von den Deutschen nach Auschwitz abtransportiert und gleich bei der Ankunft umgebracht wurden. Vielleicht hat man ihnen Nummern auf die Arme tätowiert, bevor sie in die Gaskammern geschickt wurden – der Ordnung halber. Ich weiß es nicht. Auf jeden Fall hatte Signora Prato von diesen Dingen gehört. Und zum erstenmal in ihrem Leben sah sie eine solche Nummer nun mit eigenen Augen.

„Jeder Mensch hat seine Geschichte", sagte sie schließlich. „Eines Tages werden Sie mir Ihre erzählen. Sie müssen mir jetzt nichts vorführen. Sie sind angestellt. Ricardo wird Ihnen Ihre Unterkunft zeigen und alles erklären. Sehen Sie sich heut abend das Programm an. Sie können morgen beginnen. Wenn Sie etwas brauchen, kommen Sie direkt zu mir."

„Als ich die Ärmel herunterkrempelte, betrachtete sie meinen Arm mit der gleichen abgrundtiefen Traurigkeit. Ich konnte mir vorstellen, was in ihrem Inneren vorging. Aber auch in mir ging etwas vor, und das verstand ich noch weniger. Nein, nicht, was du jetzt denkst. Sie war noch immer eine schöne Frau, doch nach Esther gab es für mich keine Frauen mehr. Nach ihr konnte ich keine andere Frau mehr berühren. Das war ein weiterer Grund, warum ich Walz töten mußte."

Obwohl ihm an diesem Tag das Sprechen offensichtlich schwerfiel, erzählte mir Adam Wahn dann doch noch, was ihm in jenem Augenblick widerfahren war. Er gewann erstmals den Eindruck, daß er wie eine Figur auf einem großen Schachbrett bewegt wurde und in

Schachzügen, die unvergleichlich komplizierter waren als im richtigen Spiel mit Rittern, Bischöfen und Türmen, zusammen mit anderen menschlichen Figuren vorgerückt und zurückgenommen wurde. Er wußte nur, daß er am Ende den schwarzen König schachmatt setzen mußte, konnte ihn aber auf dem Brett gar nicht erkennen und wußte auch nicht, wo er ihn inmitten der unzähligen Felder entdecken könnte. Derjenige aber, der die Figuren bewegte, wußte es genau. Schlagartig kam es Wahn zum erstenmal zum Bewußtsein, daß jemand ihn in der richtigen Richtung bewegte. Wie sonst sollte er all die Stationen seines Weges erklären, der bestimmt noch nicht zu Ende war? Dr. Klein, die redselige Frau während der Eisenbahnfahrt zur Heimatstadt von Walz, der Mann in Innsbruck, der so genau über die Fluchtrouten der SS-Männer Bescheid wußte, Signora Prato und Dutzende anderer Menschen, die ihm zu Ausweispapieren und anderen notwendigen Dingen verholfen hatten. Jeder für sich allein hätte ein Zufall sein können; alle zusammen bildeten sie jedoch eine Kette, an die er sich beim Aufstieg halten konnte, und es kamen immer neue Glieder hinzu.

Und noch am gleichen Abend, nach der Vorstellung, sollte sich die Kette um ein neues Glied erweitern.

„Ricardo wartete vor Signora Pratos Wagen auf mich“, fuhr Wahn fort. „Als ich ihm von meiner Anstellung berichtete, schlug er vor Freude ein Rad. Ich weiß nicht warum, doch er mochte mich vom ersten Augenblick an, und jetzt gab es nichts, was er nicht tun würde, um mir zu helfen. Bevor er mich dem Zirkusmanager vorstellte, nahm er meine Tasche und meinte:

Wir gehen bei mir vorbei. Du kannst deine Sachen zunächst mal dalassen. Ich habe übrigens eine Idee. Du wirst vielleicht weiß Gott wo untergebracht. Warum wohnst du nicht bei mir? Wir sind gleich da. Es ist gar nicht so übel. Für einen Zwerg ists eigentlich viel zu groß. Da hats genug Platz für uns zwei. Ich schnarche nicht und bringe keine Mädchen heim. Ich würde es als große Ehre ansehen, wenn du zustimmen könntest. Und wiederum verbeugte er sich vor mir wie vor einem spanischen Granden und begann den großen Kopf auf seinem kleinen Rumpf zu schütteln. Sein Mund, der so faltig wie eine Quitte war, öffnete sich zu einem breiten Grinsen. Was sagst du dazu?"

Wahn wußte keinen Grund, warum er das Angebot ablehnen sollte, und von dem Tag an teilte er mit Ricardo einen Wohnwagen. In dem war alles sauber und gemütlich, und er fühlte sich dort wohler, als er sich seit dem Krieg irgendwo gefühlt hatte. Der kleine Ricardo war ein wunderbarer Mensch. In seinem Verlangen, Wahn aufzuheitern, führte er sich manchmal auf wie ein unartiges Kind; manchmal war er weiser als alle Menschen, die Wahn je kennengelernt hatte. Er verfügte über einen großen Schatz von Witzen, wußte aber auch, wann es besser war zu schweigen. Er stellte nie Fragen, und wenn – oder vielleicht gerade deshalb – Wahn zu zu erzählen anfing, verstand sich Ricardo aufs Zuhören wie sonst noch keiner. So schnell hatte Wahn sich noch nie mit einem Menschen angefreundet.

Nach der Vorstellung saßen sie abends oft bis nach Mitternacht zusammen, um sich voneinander zu erzählen. Wahn lernte viel über die Welt der Zwerge und berichtete ihm von den Dingen, die ihn nicht einen Augenblick losließen: von Verbrechen, die geahndet werden mußten, und wenn Gott die Schuldigen nicht bestrafe, müsse es jeder für sich allein tun, damit die Sünder nicht frei ausgingen.

Wahn sprach lange von dem, was er in den Lagern gesehen hatte, doch ganz allgemein, nicht über das, was er persönlich durchlitten hatte. Er mahnte sich zur Vorsicht. Er wollte nicht *zu* viel verraten. Eines Abends aber konnte er nicht länger an sich halten und berichtete Ricardo von unserem Leben am Hofe des Sturmbannführers Kohl. Vom Tode seiner Frau und von Walz ließ er allerdings auch diesmal nichts verlauten. Er erzählte Ricardo von uns vieren. Als die Rede auf Leo Riesenberg kam, sprang Ricardo auf und rief in großer Erregung: „Leo! Mein langverlorener Freund! Wo ist er? Wo ist er?"

„Vielleicht hätte ich den Mund halten sollen." Selbst jetzt, Jahre danach, tat es Adam Wahn leid. „Ich habe es erst gemerkt, als es schon zu spät war."

Als er hörte, wie Leo gestorben war, kroch Ricardo in eine Ecke und weinte wie ein Kind. Es dauerte lange, bis er sich wieder beruhigte. Und dann erzählte *er*. Er hatte Riesenberg gut gekannt. Sie waren zu dritt gewesen: das Zwergentrio, die besten Liliputaner der Welt: er selbst, Leo und Charles Duval, der in Frankreich als Charlemagne bekannt war. Im Zirkus Hagenbeck hießen sie die Drei Musketiere. Sie fochten mit winzigen Pappschwertern, und die Menschen lachten sich krank. Dann durfte Leo in Deutschland nicht mehr auftreten. Aus dem Grund beschlossen die beiden anderen, ebenfalls fortzuziehen. Ricardo kehrte nach Italien zurück. Duval kehrte Europa gänzlich den Rücken. Er trat eine Zeitlang in Amerika auf, wo man ihn Sheriff Charles nannte, weil Charlemagne – Karl der Große – dort ziemlich unbekannt war. Später heiratete er eine Liliputanerin aus Argentinien und ließ sich in Buenos Aires nieder. Seine Frau kam aus wohlhabender Familie, und Duval hatte selbst ein bißchen Kapital, also zog er sich vom Zirkusleben zurück und begann zu malen. Das Malen begann als Hobby, in den letzten Jahren aber hatte er mehrere erfolgreiche Ausstellungen gehabt, Bilder in Amerika verkauft, und er schien gut zu verdienen. Charles Duval und seine Frau standen mit Ricardo nach wie vor in Kontakt. Man korrespondierte mehrmals jährlich. Und nun müßte ihnen Ricardo die traurige Nachricht mitteilen, daß nur noch zwei der Drei Musketiere lebten.

Der arme Leo, der arme kleine Kerl.

„Mit einemmal spürte ich von neuem, das jemand die Hand nach mir ausstreckte“, fuhr Adam Wahn fort. „Ich kannte in ganz Südamerika nicht eine Menschenseele. Doch ich wußte, daß ich um jeden Preis dorthin reisen mußte, weil ich überzeugt war – möglicherweise ohne jeden vernünftigen Grund –, fest davon überzeugt war, dort Walz finden zu können. Ich war wie vom Blitz getroffen – Leos Freund war dazu vorherbestimmt, mir zu helfen. Ich war mir plötzlich sicher, daß Charles Duval, der französische Liliputaner, den es nach Buenos Aires verschlagen hatte, und wie durch einen Zufall ein Freund der beiden Liliputaner, denen ich in meinem Leben begegnet war, mein nächstes Bindeglied darstellte.

Es war vielleicht der letzte Freundschaftsdienst, den Leo mir leistete.

„Ich bat Ricardo, mich im nächsten Brief an Duval zu erwähnen und hinzuzufügen, ich beabsichtige, nach Südamerika zu reisen. Ich wußte noch nicht, wann ich das schaffen könnte, hoffte aber, daß es mir in nicht allzuferner Zukunft gelänge. Wenn es ihm recht wäre, würde ich mich gleich nach meiner Ankunft in Buenos Aires mit ihm in Verbindung setzen und ihm von unserem gemeinsamen Freund mehr erzählen. Ich wußte nicht warum, aber mir war sofort, als ob ich meinem Ziel nähergekommen wäre. Es dauerte ein weiteres Jahr, bis ich erkannte, wie genau die Magnetnadel im Kompaß meiner Instinkte reagierte."

Wahn beschleunigte den Gang seiner Geschichte. Er übersprang ein ganzes Jahr und ging gleich zu Buenos Aires über, so wie man in einem Projektor Dias auswechselt. Ich hatte keineswegs das Gefühl, daß ihn die eigene Lebensgeschichte langweile, eher, daß er sie so rasend vorantrieb wie einer, der nicht mehr viel Zeit zu haben meint. Ganz als hätte er Gedanken lesen können, versuchte er mich von meinen Überlegungen abzulenken, statt sie mir auszureden.

„Alles, was in dem einen Jahr passierte, bis ich die Glocke der kleinen Villa läutete, wo Charles Duval mit seiner Frau wohnte, war einfach belanglos", erklärte er. „Es war kein schlechtes Jahr. Ich fühlte mich im Circus Prato zuhause. Ricardo war mir ein guter Freund. Die Umstände waren angenehm. Signora Prato behandelte mich gut."

Er schien ein Weilchen nachzudenken, ob das ausreichte und fügte dann noch hinzu: „Zwischen uns entstand eine Freundschaft. Die Nummer auf meinem Arm trug dazu bei.“ Mir wurde plötzlich bewußt, daß Wahn mit seinem rechten Arm auch die Nummer verloren hatte.

„Ich mußte ihr alles von mir erzählen“, setzte er fort, „und alles, was wir durchgemacht haben. Sie war der einzige Mensch, dem ich vertraute. Selbst Ricardo habe ich nicht alles erzählt. Außer ihr wußte niemand, daß es in meinem Leben keinen anderen Sinn mehr gab. Nur den einen: Walz zu finden und Rache zu üben. Ich mußte ihr schließlich versprechen, die Bestrafung den Gerichten zu überlassen, falls und wann ich Walz fände, und mich damit zufriedenzugeben, sein Ankläger zu sein – nicht sein Henker. Dafür erklärte sie sich bereit, mir zur Überfahrt nach Buenos Aires oder irgendwo sonst in Südamerika zu verhelfen. Ich glaube, sie hat gewußt, daß ich mein Versprechen nicht halten würde. Sie hat mir trotzdem geholfen. Sie hatte unter den Reedern und Seeleuten in Genua Freunde, und einer ihrer Freunde, der Kapitän eines Frachters, der eben nach Südamerika auslaufen sollte, nahm mich an Bord. Ich bekam leichte Arbeit und mußte dem Kapitän nachts ein paar Kartenspielertricks beibringen. Aber all das ist völlig unwichtig.“ Er drängte vorwärts.

Wichtig war ihm nur, daß er endlich die Stadt erreicht hatte, wo, wie er hoffte – nein, fest überzeugt war –, er seinem Ziel näher war. Und das Ziel dieser langen Reise war eben der einzige Grund, warum er noch lebte.

Er war gar nicht überrascht, daß er hinter der Tür des kleinen weißen Hauses inmitten eines gepflegten Gartens sofort Freunde fand. Er mußte die Duvals einfach auf den ersten Blick liebgewinnen. Sie erinnerten ihn so sehr an die guten Zwerge in den langvergessenen Märchen seiner Mutter. Er war nunmehr felsenfest überzeugt, daß Menschen, ohne es zu wissen, ihn auf einem genau ausgezeichneten Weg von Station zu Station weiterschickten und daß jeder immer nur das nächste Stück der Strecke kannte, mehr nicht. Manchmal kam er sich wie ein Ziegelstein vor, der bis zu seinem Platz hoch oben in der Hausmauer von Hand zu Hand weitergereicht wird. Er ging mit dem sicheren Schritt des Schlafwandlers, setzte auf einem Hochseil einen Fuß vor den anderen, und mit jedem Schritt kam er seinem Ziel ein Stück näher. Er spürte an sich eine Verwandlung – aus einem Objekt, das andere Menschen weiterreichten, in ein Wesen, das nicht ausgesandt wurde, sondern sich selbst aussandte. Statt des schweren Lehms, aus dem Ziegel gebrannt werden, wurde er zum Baumeister, der genau wußte, wo der letzte Stein eingefügt werden mußte.

Charlie Duvals Hände wären nicht groß genug gewesen, um sein unverhältnismäßig großes Gesicht zu verdecken. Es brauchte auch die zarten Hände seiner kleinen Frau, in denen er seinen Kopf vergrub, als er hörte, was Wahn von ihrem gemeinsamen Freund zu berichten hatte. Sie schwiegen lange, als stünden sie an dem Grabe Leo Riesenbergs, des jüdischen Liliputaners, der alle Zwerge der Welt vereinigen wollte. Viel später erst spuckte Charles Duval mit wut- und haßverzerrtem Gesicht unerwartet zwei Wörter aus: „Sales vaches.“ Adam Wahn war zu jung, um zu wissen, daß dieser verächtliche Ausdruck aus dem Ersten Weltkrieg stammte. Die Bedeutung der Wörter aber war ihm vertraut. Sie schienen ihm wie zwei Lichter am Ende eines finsteren Tunnels. Es gab keinen Zweifel mehr. Er und Duval sprachen eine gemeinsame Sprache.

Charles Duval hätte kaum zu erklären vermocht, warum er seine beiden Hände über den Tisch hinweg Adam Wahn entgegenstreckte. Offensichtlich empfand er ein Bedürfnis nach Bestätigung. Für Wahn war es wie die Besiegelung eines Bündnisses, selbst wenn in dem Augenblick keiner wußte, was dies Bündnis ausmachte.

# 19

Drei Wochen lang gingen wir täglich ins Krankenhaus, den einen Tag ich, am nächsten Max. und bei Menachems Kiosk abends fügten wir alle Stücke aus Adam Wahns fieberhaft erzählter Geschichte, die wir tagsüber gesammelt hatten, sorgsamst zusammen. Manchmal hatte er in der Nacht zuvor nicht schlafen können und war zu schwach um zu sprechen. Dann sagten wir ihm nur guten Tag und versprachen, am nächsten Tag wiederzukommen. Meistens konnte man ihm jedoch keine Schwäche anmerken. Er schien auf unseren Besuch zu warten und bestand darauf, seine Geschichte zu Ende zu erzählen. Wie ein Getriebener packte er Monate oder sogar Jahre der Vergangenheit in die halbe Stunde, die wir bei ihm sein durften.

Den Duvals erzählte er erst sehr viel später von sich selbst. Zum Schluß erzählte er ihnen sogar, auf welche Weise seine Frau ums Leben gekommen war. Er erwähnte anschließend wie nebenbei, daß der Mann, der sie ermordet hatte, wie so viele andere aus Deutschland entkommen sei. Er verbarg keineswegs seinen Verdacht, daß der Mann sich versteckt hielt, natürlich unter anderem Namen, und zwar in diesem Teil der Welt, möglicherweise sogar in Buenos Aires. Charles Duval sagte darauf nur: „*Sales vaches.*" Es dauerte Monate, bis man auf das Thema zurückkam.

In der Zwischenzeit war Adam Wahn in einer kleinen Fabrik, die einem der Brüder von Madame Duval gehörte, mit dem Herstellen von Batterien beschäftigt. Alle Brüder Madame Duvals waren ansehnlich und körperlich normal. Nur sie hatte als Kind zu wachsen aufgehört. Ihre Brüder hätten ihr Sonne und Mond geschenkt, wenn sie drum gebeten hätte. Bei einer alten Witwe, deren Mann in der Fabrik Vorarbeiter gewesen war und der sein Leben im Straßenkampf politischer Gegner verloren hatte – derartige Auseinandersetzungen gab es in diesem Land ziemlich häufig –, mietete Wahn sich ein Zimmer. Er hätte natürlich als Jongleur in einem der zahlreichen Nachtclubs auftreten und das Doppelte und Dreifache von dem verdienen können, was er zum Ende der Woche von der Fabrik heimbrachte. Doch zum einen brauchte er nicht mehr Geld. Zum anderen – und das war wichtiger – wollte er nirgends auftreten, wo auch nur die leiseste Gefahr bestand, daß er erkannt werden könnte. *Er* mußte den Mann, den er finden wollte, überraschen; auf keinen Fall durfte er von *ihm* überrascht werden. Die acht Stunden in der Fabrik, wo eigentlich keiner eine Fremdsprache beherrschte, halfen ihm, Spanisch rasch zu lernen. Die Arbeit selbst war nicht anstrengend. Und weil er ganz auf sein Ziel konzentriert war, verbrachte er seine Zeit in Gedanken, die sich nicht auf das beschränkten, was er seinen Händen befahl.

Monatelang sammelte er geduldig und unauffällig alles, was er über die Deutschen in Argentinien entdecken konnte. Er organisierte sein Material nach Bedeutung und Zuverlässigkeit. Er zeichnete die Orte, wo auffällig viele Deutsche seßhaft geworden waren, auf einer Landkarte ein. Er notierte die Namen der Fabriken, wo sie beschäftigt waren. Kurzum, er suchte alles herauszubekommen, was ihm vielleicht nützlich werden konnte und wonach er sich erkundigen konnte, ohne Verdacht zu erwecken.

Er konnte sich zuguterletzt ein recht klares Bild machen. Daß Verbrecher in anderen südamerikanischen Staaten Zuflucht gesucht hatten, war ihm bekannt. Inzwischen war er jedoch felsenfest überzeugt, daß er aus einem bestimmten Grund eben hierher geschickt worden war. Er wußte, daß diese Männer in Argentinien in kleinen, abgelegenen Ortschaften untergetaucht waren, und nicht in der Hauptstadt, wo sie, in der Umgebung von zweihunderttausend Juden, stets Gefahr liefen, wiedererkannt zu werden. Sie lebten vorzugsweise in kleinen Gruppen, nicht weit voneinander entfernt, in unauffälligen Wohngegenden von Kleinstädten mit einigen wenigen mittleren Unternehmen, die ihnen Arbeitsmöglichkeiten boten. Wer genügend Kapital besaß, kaufte sich ganz abseits von Städten Haciendas, wo sie sich in Sicherheit fühlten und manchmal tatsächlich hinter dichten Wäldern geschützt waren.

Es kam Adam Wahn nie in den Sinn, daß sein Mann sich auf so etwas eingelassen haben könnte. Walz würde in der Stadt leben wollen. In einer Großstadt mit Nachtleben, mit vielen schönen Mädchen und Spieltischen mit hohen Einsätzen. Er würde Wein, Pferderennen und Abenteuer in der Nähe haben wollen. Er mochte sich über das Risiko, das er damit einging, im klaren sein, aber das gehörte zu der Atmosphäre, die dieser Rollenspieler zum Leben brauchte. Ein paar einflußreiche Freunde und Beschützer hätte er sicherlich auch gebraucht. Männer seines Schlags konnten in Argentinien gut ankommen. Da die einflußreichen Leute hauptsächlich in der Stadt lebten, folgerte Adam Wahn, daß er Walz in Argentinien mit größter Wahrscheinlichkeit im geschäftigen Treiben der großen, lauten Hauptstadt aufspüren können müßte.

Von dem Augenblick an, da er an diese eine Mission seines Lebens zu glauben begann, von dem Tag an, da ihm klar wurde, wofür er leben wollte, verwandelte er sich in eine Fackel, die mit jedem Weitergereichtwerden, von Hand zu Hand, die nächste Wegstrecke zu seinem Ziel erhellte.

In dem Augenblick begann Adam Wahn an Gott zu glauben. Da gab es ein oder zwei Details, die er noch dem Zufall zuschreiben mochte. Doch Zufälle konnten sich nicht von allein zu einer so zielorientierten Kette zusammenfügen. Eine äußere Macht war notwendig, eins nach dem anderen so genau an der richtigen Stelle zu arrangieren. Es war so durchgängig und auffällig, daß Zweifel einfach unmöglich schienen. Und von dem Moment, als er das zu glauben anfing, legte sich über ihn eine Ruhe, eine Stille, ein Friede, wie er ihn noch nie gekannt hatte. Der Drang, die Besessenheit, der Zwang, mit dem er die Rache als notwendig empfunden hatte, die ihn auf diese lange Reise geschickt hatten, waren vergangen. Nicht er, sondern Gott selbst übte Vergeltung, Gott, der entschieden hatte, daß Esthers Mörder bestraft werden mußte. Er, Adam Wahn, war nunmehr bloß ein Werkzeug in der Hand Gottes. Es gab keinen Grund mehr zu rasen. Wann und auf welche Weise Gott sich eines seiner Werkzeuge bedienen wollte – und Adam Wahn glaubte, daß Gott so wie ihn viele Werkzeuge und daß jedes einzelne Werkzeug seine eigene, besondere Aufgabe hatte –, das war Gottes Entscheidung.

In dieser Zeit begann Adam Wahn irgendwann die Synagoge zu besuchen. Nicht die große an der Avenida de Liberdad oder eine der anderen prächtigen Synagogen, sondern ein kleines Gebetshaus in der Nähe des Hafens. Anfangs kam er nur Freitag abends, dann zweimal wöchentlich. Schließlich ging er vor dem Weg zur Arbeit tagtäglich zum Morgengebet und möglichst auch zu den Gebeten nachmittags und abends. All das, was er Jahre und Jahre zuvor aufgegeben und vergessen hatte, gewann er langsam wieder zurück. Kindheitserinnerungen an das Elternhaus, so manches, an das er nie mehr gedacht hatte, seit er dort ausgezogen war, einzelne Gebetswörter und Verse, die seine Lippen so lange schon nicht mehr geflüstert hatten – selbst ans Jiddische konnte er sich plötzlich wiedererinnern. Wenn er in der kleinen Synagoge neben dem Hafen saß, fühlte er sich ganz den Männern zugehörig, die neben ihm beteten.

Auch von den neuen Freunden dort erfuhr er manch Nützliches. Nach den Gebeten blieben einige im Nebenzimmer mit den dicken Büchern an den Wänden; zur gemeinsamen Lektüre saßen sie an einem Eichentisch, um dem alten Rabbi in ihrer Mitte und seinen Deutungen der alten Texte zu lauschen, oder sich einfach zu unterhalten.

Was Adam Wahn in den heiligen Büchern las, hätte wohl kaum gereicht, einen frommen Menschen aus ihm zu machen. Denn selbst um die Stellen, die ihm viel bedeuteten und die er hier verstehen zu lernen suchte, gab es ein Dickicht von nur schwer verständlichen Dingen und Widersprüchen. Natürlich sprach Gott oft von Vergeltung. In den meisten Fällen handelte es sich jedoch um Rechnungen, die zwischen Völkern, und nicht zwischen einzelnen Personen zu begleichen waren. Er mochte sich klar ausdrücken – wenn er etwa sagte: „Wer Menschenblut vergißt, des Blut soll von Menschenhand vergossen werden." Aber selbst dann gab es keine Antwort auf die Frage, wie ein Mensch einen Verbrecher bestrafen soll, ohne selbst die deutlichste Grenzmarkierung überhaupt zu mißachten, nämlich das unmißverständliche „Du sollst nicht töten". Irgendwo im Talmud fand er eine Stelle, die sagte, „ein *talmid hacham,* der nicht Vergeltung übt und den Zorn hält wie eine Schlange, ist kein wahrer *talmid hacham".* Ein andermal aber hörte er den alten Rabbi aus dem gleichen Talmud zitieren, daß „der, der sich mit Vergeltung zurückhält, von Gott für all seine Verfehlungen Milde erwarten darf".

Nichts von dem half ihm weiter, aber eigentlich brauchte er auch keine Hilfe. Er war mit den Meilensteinen auf seinem Wege zufrieden, und glaubte nun, daß Gott ihn nicht so weit geführt hätte, wenn Er ihn, Adam Wahn, nicht als Sein Werkzeug für Seine Mission auserwählt hätte. Diesem Glauben entsprang Wahns neugefundene Frömmigkeit, die ihm eine unerschöpfliche Quelle der Kraft bedeutete.

Seine neuen Freunde und Bekannten erwiesen sich ihm noch in anderer Hinsicht nützlich. Sie kannten sich in Buenos Aires aus. Sie wußten genau, wer in welcher Fabrik tonangebend war, und wo die Ingenieure, die leitenden Angestellten, Kunden und Vorarbeiter herkamen. Aus ihren Gesprächen webte Wahn eine Leinwand, auf der sich Konturen eines Bildes allmählich abzuzeichnen begannen. Er konnte sich ausmalen, wo sich am ehesten die Männer aufspüren ließen, die aus Angst oder aus schlechtem Gewissen das Land geflohen hatten, dessen Reich nicht, wie versprochen, tausend Jahre währte und wo die Hakenkreuzfahnen nun eben nicht mehr flatterten. Sie fanden zweifellos in deutschen Firmen oder in Fabriken Unterschlupf, die von Deutschen finanziert wurden. Wahn hatte sich bald eine detaillierte Liste der Fabriken erstellt, die besonders viele Emigranten aus Deutschland beschäftigten.

Selbst als sein Freundeskreis wuchs, tat er nichts lieber, als von Zeit zu Zeit zu dem kleinen weißen Haus mit dem kleinen Garten zurückzukehren, zu den Duvals. Er hätte es keinem erklären können, aber bei ihnen fühlte er sich einfach am wohlsten. Wenn er am Gartentor auftauchte, blieben sie manchmal wie in einer bizarren, improvisierten Pose stehen, als ob sie für ihn die Rolle von Gartenzwergen spielten, wie man sie bei Neureichen findet. Im Grunde konnte Wahn nur mit ihnen zusammen so richtig lachen. Und das wußte er auch.

Charles Duval, einst als Charlemagne berühmt, war tatsächlich ein großer Mensch. Er war voller Ideen, sah, was andere nicht erkannten, wußte über alles Bescheid, was sich in der Umgebung tat, fand stets das Wort, das den Nagel auf den Kopf traf, und wenngleich er seit langem keine Vorstellungen im Zirkus mehr gab, betrachtete er die Welt doch noch immer wie eine Zirkusmanege, wo alles rasch geschehen mußte, rasch und präzise und mit einer gesunden Dosis Humor, und wo es nie an Überraschungsmomenten fehlte.

„Ich werde den Hurensohn für dich finden", erklärte er eines Tages überraschend, als sie allein beisammen waren. Sie waren inzwischen so eng befreundet, daß Wahn das Thema, das ihm auf der Seele brannte, häufiger ansprach. Bis zum Bekenntnis., daß er einzig und allein am Auffinden von Walz und an Rache für den Mord an Esther interessiert war, hatte er sich allerdings nie vorgewagt. Und so konnte er gar nicht begreifen, wie sein Freund es erraten hatte. Er hatte seine Absicht ja nicht einmal angedeutet.

Doch Charles Duval wiederholte es mit absoluter Zuversicht: „Ich werde ihn für dich finden. Du mußt mir nicht einmal seinen Namen nennen. Wenn er sich hier aufhält, hat er ihn sowieso längst geändert. Ich finde ihn. Du kannst dich drauf verlassen. Duval weiß, was getan werden muß." Er klopfte sich mit dem kleinen Finger gegen die Stirn – Wahn erinnerte sich, Leo Riesenberg hatte es genauso gemacht. Und sprach nie wieder davon.

Erst zwei oder drei Tage später, als sie wieder allein waren, bemerkte Charles plötzlich wie nebenbei: „Mir fehlten nur etwa sechzig Zentimeter, um General zu werden. Ohne die kam ich nicht in die Armee, konnte ich im Krieg nicht mitkämpfen. Deshalb mußte ich alles von ferne beobachten. Aber keine Angst – es gibt Schlachten, die sogar ich zu kämpfen verstehe."

Dann enthüllte er seinen Plan.

Die Familie von Frau Duval, die Avellanedas, war eine jener alten, aristokratischen Sippen, die ihren Erfolg auf jene Weisheit gründet, welche besagt, daß selbst ein stämmiger Baum alle Stürme nur dann übersteht, wenn er seine Zweige in der richtigen Weise ausbreitet. Dieser goldenen Regel entsprechend sorgte Alberto Avellaneda dafür, daß jeder seiner sechs Söhne sein Teil vom Kuchen bekam, bevor er in der Familiengruft aus gemeißeltem Marmor zur Ruhe gebettet wurde. Der Älteste erbte das Familiengut in La Pampa. Der zweite ging in die Industrie. (Ihm gehörte unter anderem auch die Fabrik, in der Wahn beschäftigt war.) Der dritte war ein hoher Offizier, der vierte ein Priester, der fünfte ein Fleisch- und Fellexporteur. Und der sechste und jüngste, Fernando Avellaneda, ging auf Perons Seite in die Politik und hatte inzwischen eine hohe Funktion in einer Gewerkschaft. Mit Ausnahme des Priesters knüpften Rositas Brüder durch Heiraten zudem neue Verbindungen, so daß der Familienbaum sich auf wunderbare Weise verzweigte und immer höher und breiter wuchs.

„Fernando", sagte also jetzt Charles Duval und klopfte sich zum Lobe der eigenen Verstandeskraft von neuem an die Stirn. Und dann erklärte er Wahn, was ihm eingefallen war.

Wie alle großen Pläne war auch dieser Plan äußerst

einfach. Duval wußte, was Wahn nicht wußte – daß die Regierung Peron alle Arbeiter verpflichtete, in Gewerkschaften organisiert und eingeschrieben zu sein. Jeder Mitgliedskarte hatte im Kartenregister der Dachgewerkschaft ein Foto beizuliegen. Vielleicht sogar mehr als nur eins, weil die Mitgliederkarten nicht nur alphabetisch, sondern auch nach Fabriken katalogisiert wurden. Man durfte also davon ausgehen, daß die Nachkriegsemigranten aus Deutschland in deutschen Industriebetrieben Anstellung gefunden hatten – die Liste hatte Wahn bereits. Der Spitze der Gewerkschaften aber war es wohl kaum ein Geheimnis, welche Firmen deutschen Eigentümern gehörten. Folglich wäre nichts leichter, als die Fotos dieser Firmenangestellten durchzukämmen, zumal ihre Zahl beschränkt war. Es war vielleicht keine todsichere Wette, aber ziemlich wahrscheinlich, daß das Foto des Mannes, den Wahn suchte, auftauchen müßte – falls er wirklich in Buenos Aires lebte.

So einfach! Adam Wahn konnte es sich nicht verzeihen, solch offensichtliche Möglichkeit selbst nicht bedacht zu haben. Als er die Arbeit in der Fabrik aufnahm, hatte er selbst einer Berufsgemeinschaft beitreten, einen ellenlangen Fragebogen ausfüllen und mehrere Paßfotos beifügen müssen! Während Wahn noch über die eigene Dummheit schimpfte, hatte Duval sich bereits an die Arbeit gemacht. Am gleichen Abend noch lud er seinen Schwager Fernando ein, legte ihm das Problem dar und fand, ohne Wahn auch nur zu erwähnen, einen Grund, warum es für ihn selbst wichtig wäre, alle Informationen über einen Mann herauszubekommen, der unter einem angenommenen Namen versteckt lebte, den er jedoch anhand eines Fotos leicht erkennen würde. Zwei Tage später brachte Fernando die ersten Angestelltenkarten aller deutschen Firmen in Buenos Aires. Bei Nacht sah Wahn sie durch, und Tag für Tag tauschte Fernando sie gegen neue aus. Am fünften Tag fand Wahn, was er suchte.

Der Mann auf dem Foto in Wahns Hand nannte sich Enrico Valdes. Offenbar hatte Heinrich Walz nichts finden können, was seinem alten Namen, den er aufgeben mußte, den er aber doch nicht ganz aufgeben wollte, ähnlicher klang. Und wenn er sich einen völlig andren Namen ausgesucht hätte – das Gesicht auf dem Foto hätte alle Zweifel zerstreut. Der Schnurrbart oberhalb der dicken Lippen war dünner als Wahn in Erinnerung hatte, und das beinahe ausdruckslose Gesicht inzwischen von breiten Koteletten gerahmt, aber die hohen Wangenknochen blieben unverkennbar, ebenso das schwach ausgeprägte Kinn und die ewig halbgeschlossenen Augen, die wie in einer Fettsoße zu schwimmen schienen.

Die Hände, die Hände mit den kräftigen, genauen, geübten Fingern zitterten Wahn jetzt zum erstenmal im ganzen Leben. Er war am Ende der Reise angekommen. Das war der Mann, den er so viele Jahre lang gesucht hatte. Die Karte lieferte ihm den Namen der Firma, wo Heinrich Walz, alias Enrico Valdes beschäftigt war, und seine Privatadresse. Walz kannte die Firma wie die Straße, an der Walz wohnte. An diesem Haus mußte er mehr als einmal vorbeigekommen sein, ohne zu ahnen, wie nahe er dem Ziel war. Nun wußte er Bescheid. Nun gab es nur noch den letzten Schritt zu tun. Wie oft hatte er während der vergangenen Monate diesen letzten Schritt in allen Einzelheiten durchdacht. Aber ihm wurde erst jetzt bewußt, wie schwierig dieser letzte Schritt sein würde, was es noch alles zu überprüfen und vorzubereiten gab, an wie vielen Felsen er noch scheitern könnte.

Wenn Adam Wahn ein frommer Mensch geworden ist und falls sich genau bestimmen läßt, wann und wo er fromm wurde, so ist es wahrscheinlich an dem Abend geschehen, als er in seinen zitternden Händen das Foto von Walz hielt, und es passierte in dem bescheidenen Gebetshaus am Hafen, das er tagtäglich aufzusuchen pflegte. An jenem Abend konzentrierte er sich nicht auf die Worte des Abendgebets. Vielmehr dankte er Gott, daß er ihn hierhergeführt und ihm Gelegenheit gegeben hatte, sein Ziel zu erreichen. Ihm wurde zu absoluter Gewißheit, was er zuvor nur dunkel geahnt. Er hatte dieses Stadium nicht erreicht, weil er selbst es gewollt hatte. Es war auch nicht sein Wille, der ihm im entscheidenden Augenblick die Hand führen würde. Mehr noch. Der Unterschied zwischen Ihm, der die Befehle gab, und dem Werkzeug, das sie ausführte, begann plötzlich zu verschwimmen. In dem Augenblick wurde Adam Wahn eins mit Gott.

Er wußte nicht, wie er in jener Nacht von der Synagoge nach Hause gekommen war. Er war nicht der Meinung, daß er den Weg selbst gefunden hatte. Irgendwer mußte ihn geführt haben, aber er war zu verlegen, die Wirtin zu fragen, und von sich aus erwähnte sie niemand.

Am nächsten Tag ging er nicht zur Arbeit. Er stand

früh auf. Gegen sechs Uhr stand er dem Gebäude gegenüber, wo Heinrich Walz, alias Enrico Valdes wohnte. Eine halbe Stunde später sah er – er hatte sich direkt dem Ausgang gegenüber hinter einen Baum gestellt – den Mann, auf den er wartete, ins Freie treten.

Im Regenmantel wirkte er kleiner als in der Erinnerung. Adam Wahns Hand ztitterte nicht mehr. Mit einem einzigen gutgezielten Schuß hätte er selbst von seinem momentanen Standort seine Mission erfüllen können. Um diese Zeit lag die Straße, abseits der geschäftigen Stadt in einer ruhigen Wohnlage, verlassen und leer. Doch so leicht sollte die Rache für Walz nicht sein.

Der Mann im Regenmantel stieg in ein kleines rotes Auto, das vor dem Haus abgestellt war, und fuhr davon. Kurz nachdem der Wagen sich in Bewegung gesetzt hatte, folgte Wahn, der genau wußte, wohin der Wagen gefahren war. Jetzt ging er wie jemand auf einem Morgenspaziergang geht. Es gab keinen Grund mehr zur Eile.

# 20

Auf dem Parkplatz vor der Fabrik standen über zweihundert Fahrzeuge, doch schon von ferne sah Wahn nur den Wagen, um den es ihm ging. Parkwächter gab es nicht. Und daß Walz sich nicht die Mühe gemacht hatte, den Wagen abzuschließen, war rasch zu erkennen. Und wenn er abgeschlossen gewesen wäre, hätte Wahn ihn problemlos öffnen können. Er war bis zum letzten Detail auf alles vorbereitet. Er hatte an alles gedacht.

Oder an fast alles. In einem Punkt nämlich hatte er sich noch immer nicht entschieden: wie er den Schlußakt ausführen sollte. Er hätte mühelos Sprengstoff an dem Wagen anbringen, die Ladung mit dem Anlasser verbinden und aus sicherer Entfernung dann zuschauen können, wie Auto und Fahrer fetzenweise durch die Luft flogen. Solche Methoden hatte Adam Wahn jedoch nicht im Sinn. Vor dem Sterben sollte Walz sein Gesicht sehen, erkennen müssen, wer an ihm Vergeltung übte und *begreifen,* warum er sterben mußte.

Doch während er noch immer nicht wußte, auf welche Weise er Walz in die tiefste Hölle schicken sollte, war er sich darüber völlig im klaren gewesen, was vor dem letzten Schritt notwendig war. Er mußte nur herausfinden, wann die Schicht aus war. Anschließend kehrte er auf sein Zimmer im Haus der Witwe Martinez zurück, wo er seit seiner Ankunft in Buenos Aires gewohnt hatte. Alles, was zur Erfüllung seiner Sendung erforderlich war, befand sich in dem Rucksack, den er mit seiner gesamten irdischen Habe vor zwei Jahren mitgebracht hatte. Und obwohl längst alles vorbereitet war, wollte er ein letztes Mal alles überprüfen, damit ja nichts fehlte. Danach beschloß er ein paar Stunden zu schlafen. Er hatte noch ziemlich viel Zeit. Er zog die Schuhe aus und legte sich aufs Bett. Trotz des festen Willens und trotz seiner Gewißheit, die nächsten Schritte – bis auf den allerletzten Schritt eben – gründlichst durchgeplant zu haben, konnte er aber vor Aufregung nicht einschlafen. Er stand deshalb nach einem Weilchen wieder auf, zog sich die Schuhe an und begab sich nach draußen.

Er ging, wohin die Füße ihn trugen und war gar nicht sonderlich überrascht, als er sich vor dem weißen Haus seiner Liliputanerfreunde fand. Jetzt im März – hierzulande also zur Herbstzeit – arbeitete niemand im Garten. Er öffnete das Tor und schritt stracks zum Atelier hinter dem Haus, wo er um diese Zeit Charles anzutreffen glaubte. Er hatte sich nicht geirrt. Duval saß auf einem hohen Stuhl. Seine kurzen Beinchen baumelten in der Luft. Auf der Staffelei hatte er eine Leinwand vor sich, in der einen Hand eine Palette, in der andern einen Pinsel. Er arbeitete an einem Bild, das kurz vor der Vollendung stand: ein Stilleben mit zwei Fächern, Karten, einer Rose auf dem Tisch und daneben eine perlmuttbesetzte Pistole. Doch im Grunde war es dann wieder kein Stilleben. Denn die Karten wurden in den Händen von zwei Spielern gehalten, die sich gegenüberzusitzen schienen, aber selbst nicht im Bild waren. Das Bild wirkte wie ein Ausschnitt aus einem größeren Gemälde.

„Ich wollte dir nur mitteilen, daß ich ihn gesehen habe“, erklärte Wahn nach der Begrüßung. Duval schaute kurz von der Arbeit auf, nickte zum Zeichen, daß er verstanden hatte, und malte weiter.

„Hast du vor, ihn wiederzusehen?“ wollte er kurz danach wissen und wartete geduldig, bis Wahn antwortete.

„Ja. Heute.“

Duval blickte nicht einmal hoch. Er übermalte eine der Karten – von Herz auf Pik. Adam Wahn schaute ein Weilchen zu, wie unter dem Pinsel das Gemälde zuwuchs und sich veränderte, während er den schnellen, kurzen Bewegungen von Duvals Hand folgte. Dann verabschiedete er sich.

Er hatte noch immer viel Zeit. Und wieder ließ er sich von seinen Füßen tragen und landete bei der kleinen Synagoge am Hafen. Das Gebetshaus war um diese Zeit leer. Nur auf der Bank im Hof saßen einige alte Männer und warteten auf die nächsten Gebete. Im Raum neben dem Gebetssaal, dessen Wandregale von Büchern überquollen, fand Wahn den alten Rabbi beim Lesen eines alten Bandes. Der Rabbi war kurzsichtig und hielt sein Gesicht so nah ans Buch, daß er mit dem Buch einszuwerden schien.

Wahn nahm ein Buch aus dem Regal, setzte sich ans andere Ende des Tisches und schlug es auf, ohne zu versuchen, den Sinn der Wörter zu erfassen. Er hatte zwar

Zeit, aber er durfte sich von der einen Sache, die er zu tun hatte, nicht ablenken lassen. Er stützte die Ellbogen auf den Tisch und schloß hinter der Abdeckung der gegen die Brauen gepreßten Finger die Augen. Er wußte nicht, wie lange er so dagesessen hatte, als er plötzlich vom gegenüberliegenden Ende des Tisches her die Stimme des Rabbis vernahm.

„Sie werden eine lange Reise machen, nicht wahr?“

„Wie bitte? Eine Reise?“ fuhr er wie aus einem Traum hoch.“Woher wissen Sie das, Rabbi?“

Als Antwort lächelte der alte Mann, und es kam Wahn so vor, als begänne das Gesicht mit dem weißen Bart plötzlich zu leuchten.

„Kommen Sie. Ich möchte Sie segnen“, sagte der alte Rabbi gleich darauf, und Adam Wahn stand auf, ging zum anderen Ende des Tisches hinüber und legte seinen Kopf unter die erhobenen Hände des Rabbis, die schon auf ihn warteten. Der alte Mann legte Wahn die Hände auf die Stirn und flüsterte die Worte des Segens.

Dann wurde es für Wahn Zeit, sich auf den Weg zu machen. Er ging heim, zog einen Regenmantel der Art an, wie ihn am Morgen Walz angehabt hatte, nahm den Rucksack mit allem Notwendigen und lief wieder zum Parkplatz, wo Walz seinen Wagen abgestellt hatte. Dort kam er lange vor der Zeit an, wenn die Arbeiter die Fabrik verließen. Der Wagen war noch immer nicht abgeschlossen, und weil der Parkplatz menschenleer war, konnte Wahn einfach einsteigen.

Er sah Walz nicht aus der Fabrik kommen, sah ihn, ohne selbst bemerkt zu werden, aber in dem Augenblick, als der Mann sich in den Fahrersitz fallen ließ. Auf dem Boden hinter dem Vordersitz wartete Wahn nur den Bruchteil einer Sekunde, packte Walz, als der den Schlüssel in die Zündung steckte, kräftig am Hals, drückte ihm den Kopf zurück und Mund und Nase mit einem chloroformgetränkten Tuch zu. Nur wenige Augenblicke danach rollte der Wagen aus der Parklücke.

Hinter dem Steuer saß Wahn im Regenmantel, der dem von Walz glich, der jetzt auf dem Boden des Wagens lag. Da mehr und mehr Leute zu ihren Autos herauskamen, setzte Wahn den Hut auf, der Walz vom Kopf gefallen war. Er fuhr über Nebenstraßen, wo den Wagen kaum jemand erkennen würde. Als sie die Stadt hinter sich gelassen hatten, hielt Wahn, zog Walz die Hände auf den Rücken und legte ihm Handschellen an. Die Füße band er ihm mit einem Seil zusammen. In seinem Rucksack fehlte aber auch nichts.

Er fuhr die Küste längs. Es war die Tageszeit, wenn viele Menschen von der Arbeit nach Hause gehn. Als Wahn die letzten Vorstadtviertel zurückgelassen hatte, wurde der Verkehr dünner. Nach weiteren zwanzig Kilometern war die Straße, bis auf die Laster, die ihm gelegentlich entgegenkamen, so gut wie unbefahren. Er bog von der Hauptstraße ab und ging über einen ungepflasterten Weg zum Strand. Während des Sommers drängten sich im weißen Sand hier die Menschen. Jetzt, im März, hatte der Herbstregen eingesetzt. Obwohl es an dem Tage nicht regnete, drückten die Wolken aufs Meer. Mit Strandgängern war nicht zu rechnen. Die Wellen schlugen hoch. Es war kurz vor dem Einsetzen der Flut.

Wahn fuhr nicht bis dorthin vor, wo der Wagen im

Sand einsinken würde, sondern hielt in der Nähe der Felsen am Rand des Strandes. Er zerrte den noch immer bewußtlosen und gefesselten Walz aus dem Wagen und lehnte ihn gegen einen Felsbrocken. Falls der Mann aufwachen und um Hilfe schreien sollte, so würde die stürmische Brandung seine Schreie schlucken. Walz konnte niemand und nichts mehr vor seiner Strafe retten.

Wahn holte seinen Rucksack aus dem Auto, ließ sich etwa einen Meter von seinem Gefangenen entfernt nieder und wartete, daß Walz aufwachte. Er holte die Pistole und die fünf bunten Billardkugeln aus dem Sack und legte sie neben Walz in den Sand. Er streckte den Arm aus, um sich zu vergewissern, daß ihm nicht die Hand zitterte. Nicht ein Finger. Er war gefaßt. Er hatte nur mit seiner Ungeduld zu kämpfen. Auf den Augenblick hatte er so lang warten müssen, daß er nicht noch ein Weilchen länger ausharren könnte.

Als Walz wieder zu Bewußtsein kam, sah er als erstes den Mann, der ihm gegenüber im Sande saß und eine Billardkugel nach der andern in die Höhe warf, sie kreisen ließ, auffing, als sie fielen, erneut in ihre Bahn nach oben sandte. Und schlagartig erkannte er den Menschen, der nur einen Meter von ihm saß. Er wollte sich erheben. Da bemerkte er, daß er an Händen und Füßen gefesselt war.

Er wachte wie aus einer Betäubung auf. Der Mann vor ihm schleuderte die Bälle hoch in die Luft. Es kam Walz so vor, als flögen sie in einem Kreis näher und näher auf ihn zu, so daß sie ihm in jedem Moment auf den Kopf fallen könnten. Er sah die Pistole, die neben dem Bein des Jongleurs lag. Er begann zu heulen wie ein gefangenes Tier. Zuerst schrie er um Hilfe. Dann heulte er wortlos wie ein Irrer, doch niemand hörte ihn – niemand außer Adam Wahn, der die farbigen Billardkugeln mit der gleichen Ungerührtheit emporwarf wie am Hofe des Sturmbannführers Kohl. Ringsum keine einzige Menschenseele – außer Wahn. Und die stürmische See übertönte selbst das mitleidlose Lachen der Möwen, deren Flügel die drückenden Wolken über dem Ozean durchbohrten wie Pfeile.

Jede Woge klatschte ans Ufer wie die Hand eines Spielers, der seinen Trumpf auf den Tisch knallt. Weiter als einen Meter drang eine menschliche Stimme nicht. Walz mußte erkennen, wie vergeblich sein Schreien war. Als er still wurde, begann Adam Wahn zu reden. Er redete, während die farbigen Billardkugeln vor den Augen des erschreckten Walz unentwegt in die Höhe stiegen. Auch die einbrechende Dunkelheit vermochte das Selbstvertrauen, mit dem der Jongleur seine Hände bewegte, nicht zu erschüttern.

„Schrei. Brüll, bis dir die Stimme versagt. Heul nur wie ein Hund. Dich wird doch keiner hören,“, sagte Adam Wahn mit einer Stimme, die so ruhig und ungerührt schien wie die Bälle, die vor den Blicken von Walz kreisten. „Erinnerst du dich? Erkennst du mich wieder?“ Wie das endlose Tropfen von Wasser, das im Mittelalter auf den Kopf eines Opfers herabtröpfelte, fiel ein Wort nach dem andern. „Der jüdische Abschaum. Einer von den Tausenden, die du gekannt hast. Gott weiß, wieviele du ermordet hast. Wie solltest *du* wissen, wieviele es gewesen sind? Wer zählt schon die Schaben unter den Füßen, die Insekten, die er mit dem

Schuh zertritt? Damit du nicht vergißt, erinnere ich dich an *ein* Teilchen des Abschaums, das überlebt hat und nun *dich* zertreten wird wie eine Wanze. Kannst du dich erinnern? Ein Abend mit Gästen bei Sturmbannführer Kohl. Selbst *dein* Gedächtnis kann *so* schlecht gar nicht sein. An diesen stinkenden Juden, einen von Kohls Hofnarren, den, dessen Frau du mit einer Kugel umgelegt hast, weil du wütend warst darüber, daß er dich eine Wette nicht gewinnen ließ, *mußt* du dich erinnern. Mag sein, daß du mich nicht wiedererkannt hättest – aber diese Billardkugeln, die vor deinen Augen im Kreise tanzen, hast du bestimmt nicht vergessen. Du siehst sie heute zum letztenmal. Aber diesmal werden sie bestimmt nicht auf *deinen* Befehl zur Ruhe kommen, sondern auf meinen. Es wird das Zeichen sein, daß *dein* Ende gekommen ist."

Walz zitterte am ganzen Körper wie Espenlaub. Er schrie nicht mehr um Hilfe. Er begann, um Gnade zu betteln und wie ein Hund zu winseln. Unzusammenhängende, angstverzerrte Wortfetzen kamen aus seinem Mund. Wahn gab sich keine Mühe, sie zu verstehen. Er warf weiterhin seine Billardkugeln hoch, fing sie in eben dem Moment, da ihr Kreisen auslief, wieder auf, in genau dem Augenblick, wenn er sie von neuem in die Bahn zu werfen hatte. Aber Walz ließ er bei alldem nicht eine Sekunde lang aus den Augen. Walz blickte erschreckt geradeaus, verfolgte die Bälle auf ihrer Bahn, dann kniete er plötzlich und schlug den Kopf gegen den Boden, bis ihm die Stirn blutete. Schließlich begann er wie eine Schlange im Sande zu kriechen und Wahn mit panischen, verzweifelten Blicken anzuflehen.

Plötzlich wurde er ruhig. Er kroch zum Felsen zurück, gegen den Wahn ihn in bewußtlosem Zustand gelehnt hatte, und starrte dumpf aufs Meer hinaus, dessen Wogen unerbittlich ans Ufer schlugen. Wahn bemerkte den dunklen Fleck auf der Hose von Walz. Er weitete sich aus. Der Herrenmensch machte sich in seiner Angst in die Hose.

Das war der Augenblick, in dem Wahn beschloß, sein Spiel mit den Billardkugeln zu beenden. Er legte sie in den Sack zurück und hob den Revolver, der die ganze Zeit über neben seinem Bein gelegen hatte.

Walz zitterte wieder am ganzen Leib. Von den dicken Lippen tropfte ihm Speichel aufs bebende Kinn. Und er begann von neuem zu winseln und zu jammern und zu weinen und um Barmherzigkeit zu betteln.

Wahn tat nur eins leid – daß der Mann, nach dem er so lang hatte suchen müssen, so rasch zusammenbrach.

„Ein bißchen Zeit zum Angsthaben bleibt dir noch", sagte er. „Ich hab mich noch nicht entschieden, wie ich dich abserviere. Für einen Schurken wie dich ist eigentlich jede Todesart zu einfach und zu leicht. Soll ich dich erschießen wie einen Köter? Das wäre ein zu schneller Tod. Deinen Kopf mit einer dieser Billardkugeln aufschlagen? Da könntest du vielleicht nicht gleich sterben, sondern eher bewußtlos werden, und das wäre eine Erleichterung, die du nicht verdienst. Vielleicht muß ich dich gar nicht *töten*. Vielleicht wäre es besser, ich würde dir einfach zwischen die Beine schießen, um dich zu kastrieren und zum Krüppel zu machen. Für immer. Nein. Nein, ich habe mir geschworen, daß du diesen Tag nicht überleben würdest. Leider kann ich dich nur einmal töten."

Der ganze Haß, die Rachgier floß über in seine Worte. Er konnte es kaum glauben, daß sich in ihm solche Grausamkeit gespeichert hatte, und begann, noch während er sprach, bereits zu zweifeln, ob er das, was er da sagte, überhaupt in die Tat umsetzen könnte. Aber jetzt *durfte* er doch nicht abbrechen. Jetzt konnte er nicht mehr umkehren. Walz *mußte* sterben.

„Oder vielleicht", so hörte Walz Wahn sprechen, „sollte ich dich zurück ins Auto bringen, den Motor anlassen, das Auspuffrohr umbiegen und den Innenraum bei geschlossenen Fenstern mit Gas füllen. Kannst du dich noch daran erinnern, was ihr angestellt habt? Oder vielleicht noch besser: Ich fahr dich so weit auf den Strand, bis daß das Auto im Sande versinkt, werf den Zündschlüssel ins Meer und überlasse Gott den Rest. Die Entscheidung, ob dich die Wellen aufs Meer hinaustragen oder an den Strand spülen, überlasse ich Ihm."

Ihm wurde schlagartig bewußt, daß er gar nicht wie ein Henker mit Walz sprach, sondern im Grunde mit sich selbst ein Streitgespräch darüber führte, ob er wirklich ein Werkzeug in der Hand Gottes sei, wie er es bis zu dem Augenblick geglaubt hatte. Von solchem *inneren* Dialog konnte Walz natürlich nichts ahnen, weil Wahn ihn ununterbrochen mit weiteren Haßtiraden überschüttete, die ihm fast den Verstand raubten.

Wahn dachte laut, während er mit dem Revolver in der Hand spielte. Er hätte bloß zielen und abdrücken müssen und die Sendung, der er sich so viele Jahre lang gewidmet hatte, wäre vollendet. Für diesen einen

Augenblick hatte er doch überhaupt nur gelebt. Wieso also dies Zögern, die plötzlichen Zweifel, diese Ungewißheit? Warum schob er es hinaus?

Er hatte in seinem ganzen Leben noch keinen Menschen umgebracht. Noch waren seine Hände rein. Würde er ein glücklicherer Mensch sein, nachdem er Walz getötet hatte? Würde er danach eigentlich noch schlafen können? *Walz* hatte offensichtlich einen tiefen, gesunden Schlaf. Falls dessen Schlaf überhaupt etwas störte, so war es Angst – und bestimmt kein schlechtes Gewissen. Aber würde *er, Wahn,* danach die Augen noch ruhig schließen könnenn? *Dürfte* er sich denn nach Maßstäben verhalten, die Walz praktiziert hatte? *Wollte* er sich an Grausamkeit mit ihm messen? Natürlich, *Gott* hatte ihn hierher geführt. Davon war er felsenfest überzeugt. Er *mußte* an diesem Strand dem Mörder von Angesicht zu Angesicht gegenüber sitzen, den er jahrelang gesucht hatte. Bis zu diesem Augenblick war er überzeugt gewesen, daß Gott ihn zu Seinem Werkzeug auserwählt hatte, zur Rute Seines Zorns, um die Strafe auszuteilen und die Rechnung zu begleichen. Nun aber begann er zu schwanken. Er sah zwei Alternativen. Wenn dies alles nun nur eine Prüfung wäre? Wäre es nicht möglich, daß Gott ihm zeigen wollte, er sei gar nicht besser als Walz, auch Walz sei nur ein hilfloses menschliches Wesen? Steht nicht Gott allein die Bestrafung zu? Und bräuchte Gott, wenn er zu strafen beabsichtigt, überhaupt einen Menschen als Werkzeug?

Adam Wahn spielte immer noch mit dem Revolver in seiner Hand. Daß er ihn einsetzen würde, glaubte er allerdings immer weniger. Wenn der Mann vor ihm sich doch wenigstens mit *einem* Wort verteidigen würde! Durch seine angstverzerrten Lippen drang aber nur das weinerliche Flehen und das Winseln einer verlorenen Kreatur.

Dann hörte auch das auf. Walz saß wie geschlagen da. Aus seinen Augen sprachen Angst und Entsetzen. Wenn ich ihn töte, dachte Wahn, habe ich einen hilflosen Irren umgebracht. Ein Leben in ständiger Furcht und Verwirrung ist möglicherweise eine schlimmere Strafe als der Tod. Oder könnte das, was er in den verschreckten Blikken von Walz las, bloß eine vorübergehende Verwirrung sein? Vielleicht würde er sich ja doch noch wehren. Ihn im offenen Kampf mit den eigenen Händen umzubringen, ließe die Sache in völlig anderem Licht erscheinen.

Er legte die Schußwaffe weg. Er trat zu Walz. Er löste ihm das Seil von den Füßen und nahm ihm die Handschellen ab. Er wartete. Walz rührte sich nicht. Er blieb an den Felsen gelehnt sitzen und blickte unverändert starr geradeaus.

„Steh auf", befahl Wahn. Walz rappelte sich hoch und stand in Habtachtstellung.

„Ich will keinen wehrlosen Menschen umbringen. Ich bin nicht wie du. Wehr dich wie ein Mann."

Dem Befehl folgte Walz jedoch nicht. Stattdessen legte er die Hände vors Gesicht, das sich in einem neuen Erschauern vor Angst völlig verzerrte.

„Feigling! Du Ratte!" Wahn fluchte. Er beleidigte Walz, um seinen männlichen Stolz zu erregen. Vergeblich. Vielleicht mußte er ihn, um seinen Kampfgeist zu wecken, noch tiefer demütigen. „Zieh dich aus! Bis auf die Haut!“ Wahn schrie die Anweisungen, hoffte, daß Walz Widerstand leisten würde. Doch Walz zog demütig Jacke, Hosen und Hemd aus, bis er nackt vor Wahn stand, so wie in jener Nacht vor ihm Esther nackt dagestanden hatte.

Jetzt! Jetzt! sagte sich Wahn. *Jetzt* müßte er sich auf ihn stürzen und ihm den Hals abdrücken, bis er keinen Atem mehr hatte. Die Vorstellung, dieses Scheusal auch nur zu berühren, erfüllte ihn mit Widerwillen. Er empfand Ekel. Er mußte tief durchatmen, um sich nicht zu erbrechen.

Da geschah mit Walz etwas Merkwürdiges. Er hob plötzlich beide Hände und begann mit wild rollenden Augen auf das Meer zuzugehen. Die erste Welle rollte auf ihn zu. Er lief weiter, als ob nichts wäre. Er trat in die Mauer hoch aufschlagender Wogen, die sich vor ihm auftat und hinter ihm schloß.

Und Wahn schaute hinaus auf das Meer, über das sich bald die Dunkelheit senkte, die alles zudeckte.

# 21

Er wußte nicht, wie lange er so gegen den Felsen gelehnt dagestanden hatte, mit dem er zeitweilig zu verschmelzen schien. Später konnte er sich nur noch erinnern, alles ihm Zugehörige in den Rucksack gepackt, den Rucksack geschultert und sich auf dem kürzesten Wege wieder zur Hauptstraße begeben zu haben, wo ein Lastwagenfahrer anhielt und ihn in die Stadt mitnahm.

Während der Fahrt beschäftigten ihn – das hatte er nicht vergessen – zwei Dinge. Falls im Laufe der nächsten Tage überhaupt etwas in den Zeitungen stünde, so höchstens eine kurze Meldung über ein Auto, das verlassen am Strand gefunden worden sei und einem gewissen Heinrich Walz – nein, Enrico Valdes – gehöre. Valdes, der seit drei Tagen als vermißt gelte, sei allem Anschein nach beim Schwimmen ertrunken. Einen Selbstmord würde die Polizei bestimmt nicht vermuten; Selbstmörder gehen in solcher Situation gewöhnlich vollbekleidet ins Wasser.

Und anschließend wurde er sich – zur größten eigenen Überraschung – dessen bewußt, daß er bis zu diesem Moment eins überhaupt nicht bedacht hatte: Seine

Mission war abgeschlossen, beendet. Falls ihn überhaupt eine Regung erfaßte, so eine grenzenlose Dankbarkeit gegenüber Gott, dafür, daß Er Selbst den letzten Schritt übernommen hatte, den einzigen Schritt, zu dem Adam Wahn trotz jahrelanger Vorbereitungen nicht bereit gewesen war.

An mehr konnte er sich nicht erinnern, und mehr hätten wir von ihm auch gar nicht erfahren können. Nachdem er diesen Punkt seiner Geschichte erreicht hatte, haben wir ihn nämlich nie mehr gesehen. Am nächsten Tag war die Reihe an Max, ihn zu besuchen. Im Krankenhaus ließ man ihn aber nicht zu Wahn aufs Zimmer.

Wahns Befinden verschlechterte sich plötzlich. Das hohe Fieber kehrte zurück. Die Ärzte zuckten mit den Schultern. Sie konnten sich nicht erklären, was den unerwarteten Rückfall verursacht hatte – oder sie wollten es uns nicht sagen. Nicht einmal sein Freund aus Mea Shearim durfte zu ihm. Eine Woche später war er tot. Und wir fanden unseren schrecklichen Verdacht bestätigt: Die Amputation hatte eine Wundentzündung zur Folge gehabt, eine Vergiftung, die nicht eingedämmt werden konnte – eine Komplikation, die allen ein Rätsel aufgab. Meine persönliche Erklärung – ich vertraute sie nur Max an – ging dahin, daß Adam Wahn starb, nachdem er die Geschichte losgeworden war, die seine Seele so lang belastet hatte. Jetzt war es uns überlassen, über all diese Dinge nachzudenken. Er konnte nichts mehr dazutun.

Wir begruben Adam Wahn einen Tag nach seinem

Tod. Außer Max und mir fanden sich auf dem Friedhof von Givat Shaul nur noch der Mann mit dem Schlüssel ohne Tor in Begleitung von zwei anderen Bewohnern aus Mea Shearim ein. Mit den vier Männern vom Bestattungsinstitut und dem Totengräber zusammen veranstalteten wir ein *minyan*. Einer sprach über dem Grab ein Gebet. Der Mann, in dessen Haus Adam Wahn während der letzten Jahre gewohnt hatte, sprach das *kaddish,* alle warfen eine Schaufel Erde auf den in dem Gebetsschal gewickelten Leichnam, und schließlich tat der Totengräber seine Pflicht und glättete die Erde.

Ameisen, Würmer und Käfer nahmen ihre Arbeit auf, und der Leib des Jongleurs Adam Wahn begann sich aufzulösen in Staub, begann Teil zu werden des Staubs all der Abertausende in dieser großen Erdschicht über den vielen anderen Schichten, die vereint Jerusalem dem Himmel immer näherbringen.

Vielleicht, so sagte ich mir, vielleicht naht die Zeit, wenn auch meine Asche sich an Regentagen mit der Asche anderer vermengt und eins wird mit den Erdmassen und mit dem Gestein dieser Berge, wo sich über dem alten immer wieder ein neues Jerusalem bilden wird. Bis in alle Ewigkeit.

# 22

Unsere Füße waren müde und schwer, als wir langsam den Friedhof verließen. Wir waren plötzlich alt. Mir war nicht nach Reden zumute. Auch Max blieb still, aber sein Schweigen wirkte bedrohlich, wie das bange Heraufziehen von Wolken vor dem Gewitter.

So gingen wir lange, wortlos, heimwärts, bis Max die geballte Last der wachsenden Fragen nicht länger zu ertragen vermochte. Anfangs wiederholte er immer wieder: „Ich weiß nicht. Ich weiß nicht. Ich weiß nicht." Das waren, ich begriff es sofort, die letzten Worte seines gelehrten Vaters und auch die einzige Antwort gewesen, die ihm sein weiser Bruder auf sein unablässiges Fragen nach dem Grund für den frühen Tod der Schwester hatte geben müssen.

„Ich weiß nicht, ich weiß nicht", sagte er unablässig, und es klang nach den ersten schweren Tropfen, die ein Gewitter ankündigen. Und dann konnte er es nicht länger zurückhalten. Es mußte heraus.

„Eine Zeitlang", so begann er, „habe ich rebelliert. Gegen Gott. Ich machte Ihm Vorwürfe. Ich verglich Ihn mit dem Jongleur Wahn, dem es nur auf eins ankam. Er wollte überleben, und von diesem einen Ziel ließ er sich durch nichts in der Welt abbringen. Davon konnte ihn nicht einmal der Mord an seiner eigenen Frau ablenken – das eigene Überleben war ihm so wichtig, daß sogar dieser Anblick seine Billardkugeln nicht aufhalten durfte. Sie mußten in ihrer Bahn bleiben. So wie ein anderer, größerer Jongleur die Planeten des Universums in Bewegung hielt und nicht zum Stillstand bringen wollte, obwohl auf *diesem* Planeten Millionen unschuldiger Kinder ermordet wurden. Inzwischen begehre ich nicht mehr auf. Inzwischen weiß ich, daß mich das Aufbegehren einer Antwort nicht näherbringt, und ich weiß nicht, *wen* ich nun um Vergebung bitten muß, Gott oder Adam Wahn. Bei Wahn weiß ich wenigstens, warum er sich so und nicht anders verhalten hat: zunächst aus purem Überlebenswillen, dann aus Rachgier. Aber Gott? Warum hat Er so an den Menschen gehandelt, wie er gehandelt hat? An Martha, an Hilde, am armen kleinen Leo Riesenberg, an Wahns Frau und nun auch noch an Wahn selbst.

Warum? Ich frage dich: *warum?*"

Eine Antwort erwartete Max nicht. Er wußte, daß ich auf sein Fragen höchstens mit einem Achselzucken reagieren könnte. So wie es nicht aufhören kann zu regnen, bis die Wolken entleert sind oder der Wind sie aufgelöst hat, so konnte Max aber nicht aufhören zu fragen.

Ich weiß, daß die Sterne sich drehen, und der Bewegung von Gottes unsichtbarem Finger am Firmament kann ich folgen. Ich weiß sogar ein wenig von den Gesetzen, die oben gelten. Aber welche Gesetze gelten hier unten? Was hat Sein Handeln hier auf Erden zu bedeuten? Max ließ sein endloses, monologisierendes Fragen während des Heimwegs nicht zur Ruhe kommen.

„So viel ich weiß“, sagte er unvermittelt, „könnte ihm Adam Wahn in dieser Minute von Angesicht zu Angesicht gegenüberstehen. Ich frage mich, was ich Ihm sagen würde, wenn ich an Wahns Stelle stünde. Vor Jahren hätte ich Tausende von Fragen gestellt. Heute weiß ich nicht eine. Ich kann glücklich sein, ohne zu wissen, wie und warum ein Samen sprießt oder eine Leibesfrucht reift. Ich muß nicht wissen, wer einer blinden Welpe erklärt, wann die Zeit gekommen ist, nach der Muttermilch zu tasten. Ich frage nicht einmal danach, weshalb Er all die Völker geschaffen und einige von ihnen vernichtet hat, oder was mit unseren Gedanken und Gefühlen geschieht, wenn wir sterben und man uns begräbt, so wie vorhin Adam Wahn. Ich kann leben, ohne das zu wissen. Aber eins möchte ich wissen: Ob wir tatsächlich den mechanischen Spielfiguren gleichen, die nach dem Aufgezogenwerden auf und ab springen, hin und her laufen, sich im Kreise drehn, bis ihre Spannfeder erlahmt. Falls wir so sein sollten wie die, wäre es mir völlig gleich, wie lang meine Sprungkraft hält. Mich würde nur eins interessieren. Ich würde Ihn fragen: Gott, sag mir eins. Laß mich nur ein einziges Mal erkennen, was böse ist und was gut, und warum das, was wir für gut halten, uns so oft in Leid und Elend verlorengeht, während das nach unserem Ermessen Böse alles andere überdauert und mit Ruhm und Reichtum und Erfolg gekrönt wird. Nur das würde ich Ihn fragen. Aber ich weiß natürlich, daß ich darauf nie eine Antwort bekäme.“

Ein Weilchen später fügte er noch hinzu: „So wie ich auch ganz genau weiß, daß ich nie aufhören werde zu fragen."

Daraufhin schwieg er von neuem, und still und langsam gingen wir unseres Wegs. Daß er dies Thema irgendwann wieder aufgreifen würde, und zwar oft, schien mir klar, in jener Situation damals hatte ich jedoch mit weiteren Fragen nicht gerechnet und war daher überrascht, ja, geradezu schockiert, als er plötzlich wissen wollte: „Ist es dir eigentlich je in den Sinn gekommen, daß Er wie Sturmbannführer Kohl uns nur zu Seinem Vergnügen hält? Wir sind vielleicht bloß Seine Hofnarren."

Das war wie ein Schlag auf den Schädel; es dauerte ein wenig, bis ich mich wieder gefangen hatte. Ich versuchte, die Sache mit einer leichthin eingeworfenen Bemerkung aus demWege zu räumen.

„Und wenn dem so wäre", erwiderte ich, „müßtest du zugeben, daß die Bühne, auf der Er uns spielen läßt, wunderschön ist. Schau dir nur einmal die Schönheit ringsum an."

Ohne den leichten Ton meines Einwurfs zur Kenntnis zu nehmen, fuhr Max fort: „Eine Bühne, gewiß. Ein Spiel. Theater. Vielleicht sogar Marionettentheater. Und der Regisseur zieht uns ganz nach Belieben an Fäden und wirft uns fort wie den ganzen übrigen Kram auch, wenn er vom Spiel genug hat."

Ich konnte nur noch ein weiteres Mal darauf hinweisen. „Sag, was du willst. Als Bühnenbildner ist Er einmalig."

Ich merkte schon, daß ich ihn nicht von seinem

Thema abzubringen vermochte und war deshalb auch nicht überrascht, als er es bei unserem nächsten Wiedersehen vor Menachems Kiosk wiederaufnahm. Der Tod des Jongleurs hatte in ihm offensichtlich ganze Fragenkomplexe aufgescheucht. Die Fragen schossen ihm förmlich durch den Kopf, eine nach der anderen brachte er sie hervor, bis es mir einfach zuviel wurde und ich sie nicht mehr ertragen konnte.

„Meinst du, daß er glücklich gestorben ist?" fragte Max. „Er hatte nur eins gewollt: sich rächen. Und gerächt hat er sich auch, wenn auch nicht ganz wie geplant. Ob es ihm aber inneren Frieden verschafft hat? Hat er wirklich gefunden, was er suchte?"

Ich zuckte mit den Schultern. Was blieb mir anderes übrig? Der weise Menachem Salz aber (eines guten Tages muß ich Ihnen wirklich mehr über ihn erzählen), der Adam Wahn persönlich gar nicht gekannt, sondern nur über unsere Berichte von ihm gehört hatte, wußte, wie immer, eine Antwort.

„Also, das ist doch so. Ein Mensch findet oft etwas anderes als das, was er sucht. Du gehst in den Wald, um Pilze zu suchen und kommst mit einem Eimer voll Blaubeeren zurück. Wichtig ist nur, daß man nie aufhört, sich umzusehen. Auch wenn man nicht immer bekommt, was man will – irgendetwas Nützliches findet man immer." „Wahn, der Vergeltung suchte, fand Gott." Mir wurde klar, was Menachem sagen wollte. Doch Max zerriß meinen Satz in der Luft.

„*Fand* Gott? *Fand,* sagst du? Mag sein, daß er Gott fand – hat er Ihn aber auch *verstanden?* Stell dir einmal vor, du hast dich verirrt, du verläufst dich in einem unendlichen Wald und bist schon fast ohnmächtig vor Erschöpfung, und dann stößt du endlich auf einen Menschen, den du nach dem Weg fragen kannst. Das heißt, fragen kannst du, vorausgesetzt, daß ihr zwei euch versteht. Wenn ihr allerdings nicht die gleiche Sprache sprecht, dann kannst du hundertmal fragen, aber eine Antwort wirst du nicht bekommen. Was nützt dir also die Begegnung?"

Und wieder war es Menachem, der darauf zu erwidern wußte.

„Nein, das ist völlig anders", sagte er, ohne groß nachdenken zu müssen. „Der, dem du begegnest, kann dir auch helfen, wenn ihr nicht dieselbe Sprache sprecht. Vielleicht lächelt er dir einfach freundlich zu, oder er streckt dir die Hand entgegen, oder er klopft dir wohlwollend auf die Schulter. Das gibt dir wieder Mut und macht es dir für den Rest des Wegs leichter. Es gibt aber noch eine andere Möglichkeit. Der Mensch, der dir begegnet, ist doch auch unterwegs zu einem Ziel. Wenn du deinen eigenen Weg nicht zu finden vermagst – warum schließt du dich ihm nicht an? Ganz gleich, wohin es dich führt – besser so, als allein im Dunkeln herumzutappen."

„So wird auch Wahn es gemacht haben." Ich versuchte, die Weisheit Menachems anzuwenden. „Jedenfalls habe ich ihn so verstanden. Seine Suche war hoffnungslos, bis er begriff, daß er die Entscheidung Gott überlassen mußte, und danach folgte er einfach, wohin Gott, wie er glaubte, ihn führte. Er erreichte sein Ziel und war dann froh, als Gott diese Geschichte auf Seine Weise zu Ende brachte."

„Gibt es dafür einen anderen Ausdruck als geistigen Bankrott?“ fragte Max aggressiv und wühlte mit seinen knochigen Fingern im schütteren Bart.

„Ein Mensch kann sich mit einer Situation abfinden, ohne deshalb geistig bankrott sein zu müssen“, widersprach ich, obwohl ich genau wußte, daß ich weder überzeugt noch überzeugend klang. Diesmal suchte uns nicht einmal Menachem aus dem Dilemma zu helfen. Max hüllte sich in Schweigen, und wenngleich ich mir nicht sicher war, daß er den Grund meines Widerspruchs begriff, so schien er doch einen neuen Anlauf zu zu nehmen. Er gab sich auf alle Fälle einen Ruck, bevor er von neuem das Wort ergriff.

„Als ich heute an Adam Wahns Grab stand“, sagte er, „da habe ich mich gefragt: Wann ist er wirklich gestorben? Hat die Kugel, die seine Frau tötete, nicht auch seinem Leben ein Ende gesetzt? War das Adam Wahn, der den Mörder nicht an Ort und Stelle erwürgte, sondern weiterhin seine Billardkugeln hochwarf und fing? Oder war das ein anderer? Oder ist er etwa erst Jahre danach, am Ende der langen Suche gestorben, an jenem menschenleeren Strand, wohin er den Mann gebracht hatte, an dem er Rache üben wollte. Damals hat er begriffen, daß er nicht fähig war, ihn zu töten, trotz des Hasses, der sich Tag und Nacht in ihm angesammelt hatte. Ist Adam Wahn nicht im Augenblick dieser Einsicht gestorben? Oder kurz darauf, als er Walz auf so völlig andere als die beabsichtigte Weise aus dem Leben scheiden sah? Oder ist er wirklich erst gestern gestorben?“

„Und noch etwas habe ich mich gefragt“, fuhr er fort. „Falls er tatsächlich erst jetzt gestorben sein sollte – was ich persönlich bezweifle –, erhebt sich die Frage, was ihn bis dahin am Leben erhalten und was ihn nun erledigt hat. Für ihn war alles ein Ausdruck des göttlichen Willens. Daß er Walz nicht mit eigener Hand töten mußte, sondern Walz sich selber das Leben nahm, war Gottes Wille. Wie auch die Tatsache, daß er Walz, der sich am anderen Ende der Welt versteckt hatte, *fand*. Was immer in der Welt geschieht, ist Gottes Wille. Das hat er geglaubt. *Gegen* diesen Willen kann nichts geschehen – wer sich dem widersetzt, muß zugrundegehen. Nirgends auf Erden aber könnte ein Mensch dem Willen Gottes so nahe sein wie in Jerusalem. Davon war Wahn fest überzeugt, und deshalb ist er hergekommen, um hier noch einmal zu sterben."

„Und das bezeichnest du als geistigen Bankrott?" Ich versuchte, ihn zu einem früheren Punkt unseres Gesprächs zurückzubringen.

„Ja, als Bankrott", erwiderte er, ohne lang zu überlegen. „Wenn *alles* in der Welt ein Fingerzeig Gottes ist, dann muß das auch für den Tod von Wahns Frau gelten. Und ein Wink Gottes ist dann auch die Tatsache, daß Wahn – der Mea Shearim in den Jahren zuvor wahrscheinlich nicht einmal verlassen hat – sich genau in dem Moment auf dem Markt von Machane Yehuda aufhielt, als die Bombe losging, die ihn verletzte und letztendlich tötete. Ich habe es übrigens nicht lassen können und mich bei unserem Freund aus Mea Shearim erkundigt, wieso Wahn eigentlich an diesem Tag nach Machane Yehuda gekommen ist. Er hat erst ein bißchen herumgedruckst, schließlich aber mit der Wahrheit nicht hinterm Berge gehalten. Sein älterer Bruder ist ein

Rabbi in Buenos Aires. Der hatte Wahn überhaupt zu ihm geschickt. Nun schrieb dieser Bruder und bat ihn, einem Mann an Agrippas Street in der Nähe des Marktes eine Nachricht zu übermitteln. Er selbst hatte an diesem Tage in der Altstadt zu sein, um den Bau der Synagoge zu beaufsichtigen, und deshalb bat er Wahn um den Gefallen, diese Aufgabe für ihn zu übernehmen. Auch das war ein Wink Gottes. Wie seltsam sind doch Seine Wege, und wir müssen versuchen, sie zu begreifen. Und man hat nirgends größere Hoffnung, sie zu verstehen, als in Jerusalem. Bemühe dich von morgens früh bis abends spät, such nach dem Sinn *aller* Dinge. Doch ändern kannst du gar nichts, da ja alles ein Wink *Gottes* ist. So ungefähr muß Adam Wahn es gesehen haben. Und so etwas nenne ich geistigen Bankrott."

„Und was ist mit dir?" fragte ich ihn rundheraus.

„Ich habs dir schon gesagt. Wir sind alle geistig bankrott. Jeder auf seine Art. Ich gehe dem Bankrott aus dem Weg, indem ich mich zum Einlenken bereiterkläre. Ich akzeptiere die Tatsache, daß ich es nie wissen werde. Ich habe mich damit abgefunden. Viel bringt das nicht, aber es bewahrt mich auf jeden Fall vor Illusionen."

Es war spät geworden. In der Straße zum Jaffa Gate war es seit einer Weile schon ruhig und still. Nur wir drei standen noch dort, aber Menachem hatte alle verderblichen Waren längst im Kühlschrank verstaut. Als er die Flaschenkisten stapelte und im Kiosk aufräumte, sagte er ganz bedächtig, so als ob er jedes einzelne Wort auf die Goldwaage legen müßte: „Ich bin nicht so gebildet wie ihr. Und mein Großvater Ephraim, der mich bei der Hand hielt, wenn ich neben ihm ging, und der mir alles beibrachte, was er selber wußte, war auch nur ein einfacher Mensch. Der hat mich gelehrt, daß es immer mehr Dinge geben wird, die wir nicht verstehn, als Dinge, die wir verstehn. Er hat mir aber auch immer wieder eins klargemacht: Es ist nämlich viel wichtiger zu erkennen, wann dein Nachbar Hilfe braucht, als den ganzen Willen des Heiligen, Gelobt Sei Sein Name, zu begreifen. Es könnte ja sein, daß Er zu beschäftigt ist und vielleicht keine Zeit hat, um an die alte Witwe Pinkus nebenan zu denken, oder daß er den armen Krüppel Levy nur einen Augenblick lang vergißt. Und da kommst du und versuchst auszuhelfen, so gut es geht. Gott wird dir deswegen keinen Vorwurf machen. So hat mein Großvater Ephraim es gesehen, und ich glaube, damit hat er recht gehabt."

Wir sprachen auf einmal gar nicht mehr von Adam Wahn und, was noch wichtiger war, auch nicht mehr von Rache und Vergeltung, sondern von Nächstenliebe. So ist das bei Menachem immer. Eines Tages muß ich Ihnen wirklich viel mehr von ihm erzählen.

# 23

Menachems simple Lebensweisheit hatte stets die Wirkung eines Schlaftrunks. Man spürte, wie sich die angenehme Wärme im Körper ausbreitete, in die Adern strömte und eine glückselige Ruhe auslöste, daß einem die Lider zufielen. Diesmal blieb die übliche Wirkung aus. Von dem, was Max Himmelfarb laut ausgesprochen hatte, konnte ich einen Gedanken nicht wieder vergessen. Was, wenn wir allesamt nur Hofnarren Gottes wären, die lediglich dazu dienten, unseren Allmächtigen Herrn über Leben und Tod bei Lust und Laune zu halten?

Ich kam von der Idee nicht los. Ich war gefangen wie ein Fisch im Netz. Nachts fand ich kaum Schlaf, und wenn ich für kurze Zeit einschlief, fand ich mich im Traum wieder an den Hof des Sturmbannführers Kohl versetzt. Tausende starben um uns her eines entsetzlichen Todes. Nur wir Hofnarren überlebten – wir überlebten immer. In gestreiften Fetzen, die an uns hingen wie an Vogelscheuchen, liefen wir im Kreise, liefen wir in dem großen Raum, wo Sturmbannführer Kohl an festlichen Abenden seine Gäste bewirtete, um den langen Tisch herum. Als erster lief ich ein. Ich schwang die Arme und imitierte einen Vogel. Doch mit dem Buckel auf dem Rücken und dem überproportional großen Kopf zwischen den Schultern sah ich eher wie eine Fledermaus aus. Nach mir hopste der Sterngucker Max Himmelfarb auf seinen langen Beinen herein und hielt seine Augen unentwegt an die Kartonröhre, als beobachte er die Sterne durch ein Teleskop. Ihm folgte der Zwerg mit dem komischen Namen Leo Riesenberg. Der rollte einen Reif und zwängte sich unter den Beinen der Leute hindurch. Der Jongleur Adam Wahn, der farbige Billardkugeln hochwarf und in ihren Bahnen kreisen ließ, kam zuletzt.

Auf einmal liefen wir nicht mehr um den langen Tisch, unter dem die beiden großen Hunde Kohls lagen, der Deutsche Schäferhund Wolf und die Deutsche Dogge Brutus. Wir waren in Jerusalem auf dem Weg zum Jaffa Gate und und liefen durch eine Straße nach der andern, doch in anderer Reihenfolge; denn Liliputaner und Jongleur liefen nicht mehr an der Spitze, und Wahn warf die Billardkugeln nur mit einer Hand in die Höh.

Der Liliputaner aber rollte keine Reifen, sondern er fing die Billardkugeln gerade in dem Moment auf, bevor sie wieder hochgeworfen werden mußten, und legte sie Wahn in die eine Hand, die noch fünf muntere Finger besaß, mit denen er fünf, sechs, sieben Billardkugeln in ihre Bahnen zu bringen verstand. Leo war fix und behend, und das Spiel der Kugeln schien gut koordiniert, doch eine Kugel wollte immer wieder aus ihrer Bahn herausfallen und auf ein Loch zurollen, das sich mitten auf unserem Weg öffnete wie ein offenes Grab. An dem Punkt wachte ich auf.

Nachdem der Traum sich weiß Gott wieviele Male wiederholt hatte, beschloß ich aufzustehen. Es muß kurz vor Anbruch des Morgengrauens gewesen sein. Lange geschlafen hatte ich nicht, auch wenn ich zwischendurch kurz eingedöst war; die Träume hatten mir wie farbige Billardkugeln vor Augen getanzt und keine Ruhe gelassen. Trotzdem fühlte ich mich nicht müde. Ich zog mich an und machte einen Spaziergang zum Jaffa Gate, an der Altstadtmauer entlang bis zu einem ganz bestimmten Felsen, bei dem ich mich gelegentlich hinsetze um nachzudenken. Ich war schon mit Max, und ein oder zweimal auch mit Menachem Salz dagewesen, gewöhnlich aber allein. Manchmal komme ich tagsüber, manchmal zur Abenddämmerung, so früh am Morgen war ich noch nie gekommen.

Die Sterne steckten noch immer am Himmel, begannen allerdings bereits zu verblassen und dann allmählich zu verschwinden. Ich hatte, es lag viele Jahre zurück, einmal Rehe beim Wechseln vom Weideland in den Wald beobachtet. Die Erinnerung daran kam beim Anblick der schwindenden Gestirne in mir hoch, und so wie damals hielt ich auch jetzt den Atem an.

Ringsum nicht eine Menschenseele. In den Höhlen und Glockentürmen hingen an Sparren und Balken noch Fledermäuse, die dort nächtlich gejagt hatten. Wiesel und Feldmäuse kehrten in ihre Löcher zurück. Noch schliefen auf den Zweigen der Olivenbäume, in den Pinienkronen und den Zypressen die Vögel. Und noch waren die Echsen nicht unter ihren Steinen hervorgekrochen – zu so früher Morgenstunde schienen selbst sie noch schläfrig.

Falls es Ihn gäbe und Er mir etwas mitzuteilen hätte – dies wäre der richtige Augenblick. Wir waren allein. Hier störte uns niemand. Er könnte unmittelbar zu mir sprechen. Niemand würde mithören, niemand je davon etwas wissen können. Falls Er den Baum meiner Zweifel entwurzeln wollte – und seit Max Himmelfarb ausgesprochen hatte, was mir nie in den Sinn gekommen wäre, waren diese Zweifel tiefer in mich hineingewachsen – dann müßte Er es jetzt tun.

„Was wäre, wenn Er uns alle nur zu seinem Vergnügen hielte? Als Clowns, als Hofnarren? Wie der allmächtige Sturmbannführer Kohl auch?" hatte Max wissen wollen, und obwohl ich diese Frage nicht akzeptieren wollte, wußte ich nicht, wie ich von ihr loskommen, wie ich sie von mir abhalten sollte, was auf mich herunterzustürzen und mich unter sich zu begraben drohte. Hat man denn mehr Chancen und Möglichkeiten, diesem Leben zu entkommen als dem KZ des Sturmbannführers Kohl? Und falls es Ihn wirklich gäbe, war Er dann nicht noch viel mehr Herr über unser Leben und unseren Tod als Kohl? In mir wuchsen die Zweifel, hoch. in die Breite, und falls Er mein Bewußtsein von ihnen befreien *wollte,* einen günstigeren Augenblick hätte er wirklich nicht wählen können.

Als die dunkle Schwermut, die mich erfüllte, seit Max diesen Gedanken geäußert hatte, tiefstschwarz wurde, in eben diesem Moment geschah es.

Zunächst tauchte nur ein dünner Lichtstreif auf, so als ob irgendwer einen Pfeil von der Farbe noch blattloser junger Zweige abgeschossen hätte, einen Pfeil, der den breiten Bogen des Horizonts entlangfuhr und dann kurz verhielt. Und wie durch den Spalt einer sich langsam öffnenden Muschel trat Perlmutt hervor und tröpfelte maßvoll auf die Hänge der fernen Berge herab und wuchs himmelwärts. Für eine kurze Zeit sah das aus wie eine strahlend weiße Reihe Zähne zwischen den Lippen einer schönen Frau, die mit einem liebevollen, zärtlichen Lächeln aus dem Schlaf erwacht und sich aus Purpurnebelschleiern löst. Auch die Stadt und das Land, die sich vor meinen Augen ausdehnten bis hin zum Gebirge Moab, begannen sich zu verwandeln, in ein Meer von Gärten aus Aprikosenblüten. Und anschließend erst zerschmolz das Rosa zu Ocker, und die Mauern und die Berge und die schlanken Zypressen und uralten Olivenbäume nahmen Form an, als würden sie geknetet von den Fingern der Zeit, die sich des Regens, des Winds und der Sonne bedienten, so wie die Handwerker in den Straßen zum Jaffa Gate Hämmer und Schweißbrenner und Sägen gebrauchten.

In einer der Lehmhütten irgendwo an den Hängen der Stadt Davids krähte zur Begrüßung des neugeborenen Tages der erste Hahn. Und schon hatte das Licht zu marschieren begonnen, und bevor ich noch aus dem Zauber erwachte und mich von dieser Schönheit erholte, die mir zu sehen vergönnt war, erreichte er nicht nur den Felsen, an dem ich saß. Er drang auch durch alle Ritzen und Spalten und mir in die Augen und durch sie hindurch in alle Blutzellen meines Körpers.

Da erst ging mir auf, daß so, wie die Bahnen am Firmament festgelegt sind, auf denen sich im Universum

Millionen Sterne drehen, auch die Blutkörperchen in meinen Adern ihre klar bestimmten Bahnen haben. Daraus folgte: Jede Blutzelle in mir war nicht minder wichtig wie die Planeten und die Sterne, die ich am Himmel sah, den eben jetzt vor meinen Augen das blaue und goldene Leuchten des neuen Tages überflutete. Und nicht nur die Sterne und nicht ich allein, sondern auch jeder einzelne Vogel der abertausend Vögel, die nun zu singen begannen, und eine jede Anemone und jegliches Alpenveilchen, die auf dem Hang vor mir blühten, jeder einzelne Schmetterling und Stein, jedweder Erdklumpen und Grashalm, einfach alles, sogar der Buckel auf meinem Rücken, hatte seinen Platz und seine Bedeutung, seinen genauen Zweck und sein Ziel.

Was sich dahinter verbirgt, warum sich im Universum die Sterne und in meinen Adern die Blutzellen so bewegen, würde mir, wie ich sehr wohl wußte, immer unbekannt bleiben – wenngleich ich nie aufhörte zu fragen. Eins aber war mir in jenem Augenblick überaus klar: Eine so unermeßliche Schönheit konnte ohne Absicht und Ziel unmöglich geschaffen worden sein. Und die Lebewesen, denen es geschenkt war, all diese Schönheit zu schauen und zu bewundern, konnten selbst nicht bloß zu dem Zweck geschaffen worden sein, ihrem Schöpfer als Spielzeug, zur Unterhaltung zu dienen, seine Hofnarren zu sein. Mehr wußte ich nicht, doch soviel war mir jedenfalls klar.

Es war ein schöner Tag, ein Tag, wie man ihn in dieser Stadt öfter erlebt als irgendwo sonst auf der Welt. Wenn ich Künstler wäre, würde ich solche Tage in Kupfer- und Honigtönen malen, unter dem wehenden Band des Himmels. Die schlaflose Nacht schien eine Ewigkeit hinter mir zu liegen – diese Nacht mit ihren immer wiederkehrenden Alpträumen vom einarmigen Jongleur, vom Zwerg, dem es nie gelingen sollte, alle Liliputaner der Welt zu vereinen, vom Sterngucker ohne Sterne und vom Richter, der keine Urteile fällen wollte – Alpträume, die mich schließlich aus dem Bett vertrieben hatten. Und doch lagen sie erst wenige Stunden zurück. Ich wußte es ganz genau, denn jetzt auf dem Heimweg sah ich die Stadt aus ihrem Schlaf erwachen.

Es war ein Morgen wie immer. Die Straße zum Jaffa Gate hin hallte wider vom Pochen der Hämmer, vom Heulen der Motoren und vom hellen Surren der Sägen. Als ich mich dem Kiosk bei der Kreuzung näherte, überquerte, wie allmorgendlich, Menachem Salz die Straße. Er trug ein Kupfertablett mit dampfendem Kaffee zu den Gepäckträgern hinüber, die auf den Treppen der Möbelspedition auf ihre tägliche Arbeit warteten. Im Anschluß an das Frühstück würde jeder von ihnen seine Last schultern und zu ihrem Bestimmungsort tragen.

Von diesen Gepäckträgern an meiner Straße muß ich Ihnen mehr erzählen. Eines Tages werde ich es tun. Das ist ein Versprechen.

Die Grenzen zwischen Phantasie und Wirklichkeit hebt Perutz in diesem Roman auf, der die hohe Zeit des goldenen Prag beschwört, wo unter Kaiser Rudolf II. Wissenschaften und Künste blühen, während in den verwinkelten Gäßchen der Golem umgeht und Visionäre die Zeichen des Untergangs aus den Sternen lesen.

296 Seiten, gebunden ISBN 3-552-2738-6

PAUL ZSOLNAY VERLAG